Sophia

作品集

02

Sophia
作品集
02

Sophia 作品集02

THE SHINY BOY

閃閃發亮的你

by Sophia

「所有的愛情都是從這裡開始的。」
「哪裡？」
「從你開始想著愛情的這一瞬間。」

00

踏出大門才發現雨勢比預想來得大，不由自主的皺起眉，儘管不是很願意踩進這場雨，但既然沒有選擇也就毋須猶豫；我打開傘，連短暫的停頓也沒有便邁開腳步。

猛烈雨勢彷彿懲罰一般強力撲打於頑強抵抗著的傘面，那聲響在被水瀑圍繞的狹小空間中被放得相當大，卻同時帶著某種難以說明的失真。

我不喜歡沒辦法被妥切說明的事物，然而相當遺憾的是，存在於這世界上的絕大多數事物都有著難以釐清的面貌，縱使本質單純，也會有諸多因素導致複雜。

特別是人這種不可控制的變因。

「啊——」

忽然從路口衝出某個難以分辨的物體，在我能夠反應之前不明物體猛然衝擊著我的左側，衝散了我身上所有關於重心或者平衡甚至穩定的概念，在我的手將傘鬆開的瞬間我的身體同時摔落在柏油路面，但雨蓋過了那聲響，彷彿我正以默劇的形式進行著動作。

我無奈的爬起身，淋濕已經不是必須防範的情況，而是已經被實現的現狀，用手隨意的將貼上額頭的頭髮往後耙，透過被沾上雨顯得異常模糊的鏡面我看見兩步前正在蠕動中的不明物體也緩緩站起身。

是個女人。應該。

「真是對不起，害你淋濕了，我……」

女人嘶吼著嗓子試圖傳遞她的歉意，但為了蓋過劇烈的雨聲她實在太過用力而使她話語之中的歉疚顯得荒謬。

我沒有仔細聽的打算，彎下身撿起傘果斷的收起，已經沒有撐傘的必要。揮了揮手示意讓女人離開，執著於這種微小失誤只會擴大可能的損失，無論是遲到或者感冒。

稍微計算了時間，走得還不算遠，現在折返換過衣服再加快腳步依然趕得上會議，儘管只是例行的討論，但從任何一處滲進無所謂的心思，必然會在往後的某個瞬間動搖了整體。

所謂的整體，縱使以宏觀的角度端詳是緊密而難以分割的存在，然而那事實上不過是一種組合，無論如此密實的嵌合，都帶有著分裂的可能。

不管多麼細微的部分。

教授習慣在每年的第一個上班日激勵所有成員，「即使細微也是絕對的不可或缺」，沒錯，但從另一方面而言，被稱為整體的這種東西，包括所謂的人，都可能從極其細微的某處開始潰解。

例如被雨或者被女人給耽擱的現在。

「先生——」

女人不死心的跟在身後，我乾脆的摘下眼鏡，無論是近視的模糊或者鏡片的模糊都一樣，停下腳步我轉向她：「我沒事，不要跟著我。」

「我知道你沒事，只是、你——」

女人似乎是責任心過於氾濫的類型，我看不清她的長相，連聲音也沒辦法好好辨識，這無關緊要，細微的煩躁感逐漸竄進我的體內。

「我就住在附近，比起在這裡浪費時間，回去換衣服是最實際的方式，所以妳不要再跟著我了。」

「太好了。」她的話語旋即被雨聲吞沒，在我轉身時她卻扯住我的手臂，「那你可以讓我去你家把身體弄乾嗎？」

我稍稍愣了幾秒鐘，在過於喧囂反而抽離其他聲音的滂沱大雨中，濕黏的溫度從女人扯住我手臂的部位擴散開來，皺起眉我的視線定格在她臉上，儘管模糊卻勉強能夠辨識她的表情。

大概是笑。燦爛到讓人不解的那一種。

「妳剛剛說什麼？」

「我說，」她踮起腳尖奮力的放大音量，「可以讓我去你家把身體弄乾嗎？」

我聽見了。徹底的。

我沒有辦法理解眼前的現狀。

從浴室的方向傳來清晰的水聲，比被窗戶阻隔在外的雨更加清晰而具體，沒有選擇我只能打電話請假，這不在我的設想之內，但現實似乎不打算理會我的設想。

水聲忽然中止。短暫的停頓之後接著響起吹風機的龐大噪音，漫長的，甚至可以想像門板另一端的女人仔細吹乾頭髮的動作，不是惹人遐想的畫面，而是對於她毫不扭捏的態度感到不可思議。

最後聲音停了。

她打開門神清氣爽的踏出浴室，雙眼對上我的視線的瞬間，她臉上浮現的並不是羞赧、尷尬或是不知所措的表情，相反的，是我壓根無法想像的愉快笑容。

「真是幸好遇到你。」

「妳判斷的基準在哪裡？」

「嗯……直覺。」

她不是我能溝通的類型。

撇開視線我站起身，儘管她絲毫沒有自覺，但她隨意穿著我翻找出來的上衣和短褲是一種事實，遑論她所有衣物此刻正在烘衣機裡翻動，無論我有多少定力，又或者我對她的興趣多寡，都不構成我注視她的理由。

我是個男人而她是個女人，這不是需要討論的陳述。

「抱歉，讓你感到困擾了吧。」

果真是一點自覺也沒有的類型。

她往前走了幾步，不得已我只好以眼神阻止她的趨前，她秀麗的臉龐浮上納悶的顏色，卻也乖順的止住步伐。

「等衣服烘好就離開。」

「嗯。」她的臉上泛著甜膩的微笑，「雨像倒的一樣呢。真是幸好遇見你。」

沒有理會她的必要。

這種時候即使只是禮貌性的回話，然而依她特殊的判斷依準大概會被歸類為善意，我不想迎來不必要的後續。然而她卻連我的沉默也毫不在意，帶著莫名的愉悅感又試圖往前。

「妳真的一點自覺也沒有嗎？」

「……自覺？」

「妳該不會忘了妳所有的衣服現在都在烘衣機裡？」

「啊——」她後知後覺的轉過身，以雙手抱住自己又不死心的側過頭，帶著尷尬揚起無辜的笑，「我真的沒注意到……」

短暫的尷尬瀰漫在我和她之間，她維持相同姿勢一動也不動的站在房間中央，我沒有多餘的同情心，也沒有應付麻煩的餘力，儘管能夠感覺到她正和體內的困窘劇烈拉扯，但我決定無視她。

不要望向她。

也不要想像她筆直的注視。

一瞬間的於心不忍都會引來麻煩。特別是我並沒有於心不忍這種心情。

終於屋內的凝滯讓完成任務的烘衣機打破，她迅速趨前胡亂撈出自己的衣物，並且抱著衣服跑進浴室，用著與方才盥洗不同的速度換回起先的衣著，小心翼翼的踏出，最後將整齊摺好的衣服安放在我的床上。

「我差不多該走了。」

「妳的傘在門邊。」

「謝謝。」她拿起克難塞進塑膠袋裡的提包，「如果可以的話請多喝點熱茶，淋了那麼多雨容易感冒。」

「把門帶上就好了。」

「嗯。」

她似乎還想說些什麼，欲言又止之後仍舊將話語吞嚥而下，她給了我一個難以說明的淺笑，最後輕緩的將門帶上。

但那門闔上的瞬間，刻意壓低的聲音卻顯得太過巨大。

我望向那不帶有任何意境的棕色門扉，有一瞬間的怔忪，我旋即收回視線，雨還在下，但我沒有任何待在家的理由。

離開房間正打算鎖上門的同時，一抹突兀的黃強烈的顯現於門板上，我不自覺皺起眉，接著伸手撕下那顏色。

「謝謝你。」

門板上貼著一張便條紙。

我想是她留的。

果然是麻煩的類型。

「我今天早退。」

「上午請假、下午早退，那你直接待在家還不用冒著雨來回。」

「突發狀況不是我能控制的，但其餘我能掌握的部分，我認為就應該執行本來的日程。」

「我就討厭你這一點。」

「我沒有讓妳喜歡的必要。」

「走吧。」于澄無所謂的聳了聳肩，「反正老頭也不在乎出席這種形式化的東西。」

于澄乾脆的將注意力轉回手邊的文獻，無論是好奇的探問或者客套的道別都不會出現在她身上，教授似乎做過某些努力，但至於是些什麼對於研究室的助理和學生們都是不可談論的禁忌。

「我走了。」

她隨意的揮了揮手，揹起包包我快步離開辦公室，途中幾個研究生以拙劣的偽裝偷瞄著我，彷彿試圖從我的動作之中窺探出某些線索，畢竟一向準確執行日程的我遲到又早退實在不尋常。

雨稍微小了一些，但我還是攔了計程車，司機非常專注的控制著方向盤，詢問與告知目的地是兩個人唯一的交談，狹小的空間之中流洩著廣播的音樂聲，我記得自己聽過這首歌，但卻掌握不到更進一步的線索。

——我非常討厭這首歌。非常的。因為他總是聽著這首歌。

她的嗓音相當輕緩，儘管刻意隱藏仍舊不小心透露出某些惆悵，討厭，她這麼說著，臉上卻泛著十分溫柔的微笑。她很少談論起他，總是悉心照顧著屬於她的、有限的記憶。

我所不能碰觸的記憶。

「到了。」

「零錢不用了。」

斂下眼我果斷的甩開那模糊的畫面，我不需要這些，無論是緬懷或者遺憾，甚至只是單純的記憶。

「沈墨。」熟悉的嗓音將我拉回地面，韓颯從走廊另一端朝我走來。「沒淋濕吧？」

「我搭計程車來。」

「往裡面走。沒什麼事，不過是腿斷了，在電話裡講得像是再也不能走路一樣。」

「比起他的誇張，你的評論實在是冷靜到讓人害怕。」

「大概。」他不在意的笑了。「我體內百分之九十的愛都給了我姊，所以對其他人稍微無情一點我覺得很正常，但換個角度來看，至少你們佔有那百分之十的某些區塊。這很了不起，無論是對我而言，或者對你們而言。」

「至少要假裝比百分之十多一些，維農很需要。」

「這就是戀愛嗎？」

「我很慶幸不是跟我。」

韓颯的臉上掛著一貫的淺笑，輕快談話的口吻彷彿這裡不是醫院而是令人感到愉快的咖啡廳，他打開右手邊的門，比走廊更加濃烈的藥劑味撲鼻而來，維農半躺在病床上愜意的吃著蘋果，完全不像一小時前電話另一端的男人。

誇大的描繪著事故，彈飛，摔落，劇痛，一大灘血，意識模糊，無法行走，你再不來可能會見不到我了——

「這是臨終前的點心嗎？」

「你是吃太多韓颯的口水嗎？」

「這種程度不構成我早退的理由。」

「我認同。」韓颯帶著笑將手輕輕放上維農沒受傷的左腳，「但既然我們兩個都早退了，就只能讓理由符合水準。」

「不要碰我，真是沒良心的室友。」

「現在你的室友是隔壁的伯伯。」

「為什麼會出車禍？」

「還是沈墨比較愛我。」往後退了一步避開維農過度的肢體碰觸，他順勢露出可憐兮兮的浮誇表情，「這就是下著傾盆大雨還必須上班的哀傷。」

我跟韓颯已經習慣維農舞台劇般的表現法，雖然他右腳纏上的白色繃帶和手上的擦傷有些怵目驚心，但應該沒有大礙，韓颯大概也是趕來確認這一點。

維農其實是個細膩的人，因為不想讓周圍的人擔心，總是選擇以浮誇的方式轉移重點，久而久之人們對於他口吻中流露的感情也不那麼在意，或許，這時的維農才敢稍微讓自己的感情顯現。

害怕對方不願意承接，或者擔心自己的感情成為對方的負擔，所以只要不讓人察覺或者忽略那重量就好。

相較於我和韓颯略顯無情的感情態度，維農採取的姿態異常辛苦，但這是他的選擇，除了他自身之外的任何人都無法左右。

我想維農確實很不安，對於事故的本身，跟嚴重程度沒有關係，而是會勾起某些他疼痛的記憶。

記憶。

每個人心底都小心保存著拚命想要遺忘的記憶。

真是荒謬而諷刺。

「沈墨，就決定是你囉。」

「你們剛剛說了什麼？」

「人就是在恍神的時候被賣掉的。」

韓颯同情的拍了拍我的肩膀，納悶的我來回望向擺明共謀將我推入陷阱的兩個男人，「程維農。」

「室友就是要同甘苦共患難。」

「說重點。」

「家教。」

「太過重點了。」

「代課。幫我。在走路。能夠。之前。」

「你以為用這種混亂的句法就能得逞嗎？」

「韓颯，你看這個人好可怕，又一點同情心也沒有，我的腳好痛，手好痛，但心更痛——」

「真是可憐的孩子，怎麼會有人狠得下心拒絕呢？」

「我拒絕。」

「韓颯你看他——」

「原來這世界上真的有這麼狠心的人啊，我還以為這種反派角色只會出現在電影或是 Sophia 的小說裡呢……」

「夠了。」

「唉……」

韓颯和維農重重的嘆了一口氣，這是他們兩個人慣用的伎倆，分工相當明確，一個負責惹麻煩，另一個負責出主意將麻煩扔到我身上。

我拒絕。我又說了一遍。

儘管一點用處也沒有。

所謂的拒絕之所以困難，大多源於感情的考量，因為不想讓對方失望，或者覺得自己應該替對方分擔一些重量，這些通常不是我會糾結的部分，所以某種層面而言我相當擅長拒絕；然而對象是維農和韓颯，拒絕根本不在選項之中。

站在門前我無聲的嘆了口氣，又確認了一次筆記紙上寫的地址，是這裡沒錯。

伸手按下門鈴我稍微往後退了一步，不到一分鐘就聽見門鎖旋開的聲音，門被緩緩拉開，抬起頭我迎上一個端莊的中年婦女，她揚起客氣的淺笑。

「妳好，我是來替維農代課的沈墨。」

「沈老師你好，維農有聯絡過，請進，令翔在二樓的房間，我帶老師上去。」

「謝謝。」

我不知道維農是怎麼對她敘述我的形象，但她的臉上並沒有疑慮，也沒有多做試探，相當乾脆的領著我到她兒子的房間。

男孩似乎受過良好的禮儀教育，在母親開門的同時立刻起身，禮貌的向我打了招呼，母親不著痕跡的離開房間，男孩細心的告訴我進度，同時將維農上一次交代的試卷遞到我面前。

「維農哥傷得很嚴重嗎？」

「還好，只是有點行動不便，應該很快就能夠復原。」

「其實我可以到維農哥家上課的，但是我媽說要讓他好好休息。」男孩是相當聰明的類型，一邊聊天一邊解著複雜的計算題依然有所餘裕，「維農哥說你不喜歡說話，要我多說一點。」

「上課中只要說必要的話就好。」

「長得帥的人板著臉也還是帥。人帥真好。」

他徹底被程維農汙染了。

男孩臉上掛著爽朗同時帶著些許稚嫩的笑，沒有掩飾對我的好奇，維農喜歡互動頻繁並且有趣的教學，大概整堂課都像這樣聊著天進行，這不是我的風格；但要說是風格，倒不如說我本來就不喜歡閒聊。

這才是我試圖拒絕的主因。

「我習慣稍微安靜一點的上課方式，雖然會讓你有些不習慣，但忍耐幾堂課就好。」

「完全命中。」男孩突然開心的笑了出來，「跟維農哥說的一樣，果然是俐落又不輕易妥協的類型。老師，可以給我你的電話嗎？」

我的頭突然有點痛。

「下一題。」

「老師是在害羞嗎？」

「你從哪個角度看見害羞了？」

「左側三十七度？」男孩流暢的寫出算式，「因為我這邊看不到老師的右臉，不然老師轉個頭來讓我看一下，我就可以給老師更明確的答案。」

「你的程度好像不是很需要家教，或者暫停幾次應該也不會有太大的影響。」

「維農哥沒有告訴你嗎？」

「什麼？」

「我天資異稟本來就不需要補習。」

我瞇起眼認真審視著眼前五官端正但略顯稚氣的男孩，他似乎想拋出誘餌讓我咬住，不過實在太不熟練，我就只是這樣看著他，期間還用筆示意他進行下一題；他露出不甚滿意的表情，像是決定止住話題更徹底的吊我胃口。

但是我真的一點興趣也沒有。

不到一分鐘男孩就放棄了。

「維農哥因為想追我姊，所以自願來當我的家教。」

「是嘛。」

「連這個都沒興趣？維農哥明明說過八卦是所有人的通病，也就是最佳的話題。」

「我屬於比較健康的那一種。」

「真可惜。」男孩動筆的速度稍微慢了一點，突然停住動作轉頭盯視著我，「維農哥明明說你很喜歡他，沒道理對這個沒反應啊。」

「我對程維農沒有任何興趣。」

「那要不要考慮一下我姊，雖然有點囉嗦還有點笨，不過長得滿漂亮的，而且很會煮飯。」

「你一分鐘前才說維農想追你姊。」

「啊、我忘了。」男孩坦率的笑了，像是一點雜質也沒有，雖然有點煩但卻不讓人討厭，甚至還有點可愛。「那改一下好了，維農哥想追的是我媽，老師現在可以考慮我姊了。」

「翻頁。」

「真的一點都不動搖嗎？」

「雖然很抱歉，但我一點興趣也沒有。」

「唉。」男孩苦惱的用筆戳著額際，「我也想談戀愛，可是根本沒有仿效的對象，老師你說，我姊是不是很不稱職？我從她身上學到的就只有『如何遲鈍的忽視追求者感情，讓對方挫敗後自動放棄』。一點建設性也沒有。」

「這種問題你問維農比較適當。」

「維農哥擅長被拒絕，聽說老師擅長拒絕別人，所以當然是問你啊。」

今天確實是我第一次和男孩見面，但他熟稔的態度像是已經認識我很長一段時間，可以想見維農談論了許多關於我的事，而且是用他誇張的表現法。

我體內的無奈逐漸濃稠卻無處可去。

對我而言這世界上最可怕的物種不是心機深沉的類型，而是坦率天真的人。

例如身旁的男孩。

「時間差不多了，今天就到這裡。」

我迅速整理好物品，站起身的同時男孩心急的抓住我的手，抬起頭以最讓人煩躁的仰角眨著渴望的雙眼注視著我，「維農哥都會陪我吃宵夜。」

那是他自己想吃。

話已經湧上喉頭卻又吞嚥而下，錯失反應時間的我只能任由男孩愉快的拉往一樓客廳，他的母親臉上泛著慈愛的柔光，大概，沐浴在愛底下的孩子才得以如此天真純淨吧。

「真是不好意思，因為家裡只有女人，所以令翔特別黏維農，這次聽見維農常提的室友來代課，從昨天就很期待。」

「我才不好意思，還麻煩妳準備這些。」

「應該的。」

「老師，看過我姊再說嘛。」我才拉開餐桌旁的椅子坐下，男孩立即身體力行的大聲呼喊，「姊，有綠豆薏仁湯——」

幾乎沒有時間差，男孩的語尾消散的同時樓上便傳來腳步聲，他推了推我的手臂，要我看向樓梯的方向。

穿著家居服長髮隨意夾起的女人緩步走下樓梯，走到一半還停下步伐用力伸了懶腰，打了個豪邁的呵欠側過頭朝餐桌的位置望來。

女人忽然愣住了。

「這是幫維農哥代課的沈墨老師。」

「代、代課？」

女人的臉有不自主的抽搐，她扯了個僵硬到看的人都感到尷尬的笑容，似乎想說些什麼但雙唇開闔之後卻沒有聲音；她停在樓梯中央的身體突然以倒退的姿態往上，卻被男孩毫不留情的制止。

「妳以為這樣我們就會當作妳沒有出現過嗎？」

「鄭令翔。」

女人瞪了他一眼之後旋即轉身跑上樓，在劇烈的腳步聲之後是男孩放肆的大笑，「老師，我姊很可愛吧。」

你到底是想整我還是整她？

男孩母親像是習慣一樣寵溺的笑著，「我們小媛比較不拘小節，我還是第一次看她這樣，看來老師的確像維農說的一樣有魅力。」

魅力？

這家人大概都有一定程度的問題。

我淡淡的笑著，不想追究維農到底說了些什麼，也盡可能不要理會男孩的興高采烈，當然，最重要的要無視二樓傳來的哀嚎。

舀了一匙綠豆薏仁湯，放進嘴裡的瞬間我才想起來，我一點也不喜歡甜食。

02

正因為明白人生不可能時時風平浪靜，我的意志才更加積極的維持淡漠，即便是不容忽視的波瀾也能轉為稍弱的漣漪而非加劇成為驚濤駭浪，這是我平凡卻艱難的冀望；然而更加艱難的是，我身邊大多數親近的人們都懷抱著興風作浪的性格。

例如韓颯。例如程維農。又例如沈品柔。

閃閃發亮的你 The Shiny Boy

「妳為什麼會在這裡？」

「想你啊。」

「單純想我需要收拾行李嗎？」

「我的行李們也很想你。」

「沈品柔。」

「沈墨。」她眨著晶亮的大眼扯開甜美到像是挑釁的微笑，「我最想念的就是你蓄意壓低語調想嚇唬人卻一點也不可怕的嗓音了。」

我頭好痛。

揉著太陽穴我半放棄的注視著沈品柔，她閒適的吃著洋芋片一邊看著沒有營養的綜藝節目，我和她簡直像是來自兩顆相隔數千萬光年的星球，但她卻是我生命中最親近的那一個人。

上天真是充滿惡趣味。

「妳到底又怎麼了？」

「離家出走。」

「去找妳男朋友。」

「沒有這個東西。」她咬下洋芋片之後冷冷的哼了一聲，我似乎踩到不該踩的點，「要不是尊重陳女士上了年紀，不然該離家出走的是她，我才是乖乖奉養她的女兒耶，她居然站在那該死的男人那邊，要我向他道歉，沒讓他跪在我面前就已經很寬容了。」

不要附和，不要反駁，也不要發表任何意見。

注視著沈品柔姣好的側臉，那畫面之中帶著我太過熟悉的弧度，我轉身走向廚房從冰箱拿了一瓶柳橙汁放到她面前，她絲毫不客氣也不在乎形象的旋開瓶蓋狠狠灌了一大口。

這不是第一次。

無論是離家出走或是為了男人和媽媽吵架。

「沈墨，你要自己問還是我要逼你問我？」

「妳可以自己主動說。」

「不要。」

「那就不要說了。」

她用力的瞪了我一眼，我不自覺扯開的嘴角，雖然從小就必須收拾她闖下的麻煩，但她這種一碰上麻煩就膩到我身邊的習慣卻讓人覺得可愛。

「你快問。」

「我沒興趣。」

「哭給你看喔。」

「加油。」

她當然擠不出眼淚，但不知道從哪裡摸出抱枕猛力的砸向我，洩憤般的灌了半瓶柳橙汁之後便緊緊閉著雙唇，我伸手拿了桌底下的科學人，才翻了幾頁沈品柔就便採取另一波攻勢。

她移動到我身旁，整個人壓到我身上，像是一種撒嬌的擬態，不要太強求，畢竟她本來就不是擅長撒嬌的類型，能做到這種程度已經意味著我身為哥哥的一種成功了。

為了強化她「撒嬌比武力脅迫更有效」的認知，必須適時給予她正回饋。

「這次又怎麼了？」

「他在自己的生日聚會上向我求婚。」

「然後呢？」

「我拒絕了。」

「嗯。」

「繼續問。」

「接著呢？」

「結束之後他覺得很丟臉就開始指責我，大吵一架之後他又跑到我們家門口裝可憐，媽不僅幫他說話還說我太不留情面，明明就是他自己選擇在公開場合求婚，卻擺出一副我只能答應的姿態，從頭到尾就沒尊重過我。」

「那就分手吧。」

「你說的喔。」

「妳不就是等我說這句話，回家之後就可以告訴媽，是我要妳這麼做的。」

「我們家墨墨果然是世界上最聰明的人。」

「不要這樣喊我。」我的手輕輕搭在她的肩上，「這樣沒關係嗎？」

「大概，我不知道，可能會讓人覺得我是在氣頭上，但沒有抗拒過婚姻的我卻下意識拒絕他的求婚，對我而言這才是最大的問題。」

「那就這樣吧。」

「沈墨。」

「嗯？」

「我偶爾會想，說不定就是因為世界上存在一個很輕易就能理解我、又完全接受我的你，我才特別不容易接受另一個人的感情。」她抬起頭望向我，「這都是你害的。」

「不要下這種莫名其妙的結論。」

「總之我不想回家，你的床給我睡，你去跟愛你的程維農睡。」

說完她立刻站起身跑向我的房間，我無奈的嘆了口氣，但在嘆息尚未結束之前沈品柔又以誇張的步伐折返，這次手上還多了一條藍色髮帶。

我的頭更痛了。

「沈墨，你有女人嗎？」

「這不是妳該用的提問法。」

「以防萬一，我是不是應該先確認另一個問題……」她勾起曖昧的笑，瞇起眼不懷好意的盯著我瞧，「我們家墨墨喜歡的是女人沒錯吧？」

「沈品柔。」

「快說，髮帶是誰的？」

「不認識。」

「你最近玩得那麼開嗎？」

「不要胡思亂想。」她嘟起嘴右手拿著髮帶在我面前晃啊晃的，這是威脅，儘管沒有明說但她可以為了逼我妥協而選擇跟媽和好。「真的是不認識的人，只是剛好撿到。」

「超可疑的。」

「妳要我的床還是外面的沙發？」

「好吧。」她果決的點頭，她不是會死纏爛打的類型。「反正有的是機會，我先幫你保管。」

「隨便妳，扔掉也無所謂。」

沈品柔聳了聳肩，打了一個沒有形象的呵欠，接著乾脆的轉身走回我的房間，這絕對不是放棄的意思，只是她從來就敵不過睏倦；甚至誇張到有個男孩在她快睡著之前告白，她就胡亂答應對方，醒來之後居然忘得一乾二淨，讓男孩高漲的欣喜瞬間狠狠墜地。

不要難過嘛，我請你吃冰淇淋。我記得她以豪邁的動作勾住男孩的肩膀，那畫面簡直不忍卒睹，男孩哀怨的跟著她走，我和其他同學則站在原地哀悼男孩早夭的愛情。

接著門被結實的闔上，而我的目光落在那空無一物卻鮮明的門前。

恰好是女人落下髮帶的位置。

髮帶沉默的躺在原地將近兩天才被察覺。

儘管是非常醒目的位置，只要稍微放緩腳步就能看見，又或者在移動的過程中可能會不經意踩上，但是沒有，淺藍色髮帶以十分顯目的姿態被忽視，直到落入韓颯的視野之中。

「小蔓來過嗎？」

「沒有。」我稍微思索了幾秒鐘，「至少我在的時候沒有。」

「那有其他的女人來過嗎？」

韓颯一向非常敏銳，但我不知道他居然細膩到這種程度，女人不過短暫的待在屋子內一個小時，況且已經過了幾天，韓颯卻仍舊能嗅聞到某些差異。

「嗯。」

「你的女人？」

「不是。」韓颯興味盎然的揚起笑，以眼神示意我透露的太少，沒有必要隱瞞，越是扭捏越會勾起他人的好奇，縱使是沒有想像空間的簡單事實，依然能夠被漆上截然不同的顏色。「維農車禍那天早上我也在巷口被撞了，事主一邊道歉一邊拜託我讓她跟著回家把衣服弄乾，因為太過荒謬反而找不到拒絕的時間點。」

「這擺明是搭訕。」

「不是。」

「不然這是什麼？」

韓颯突然伸出手，攤開的掌心上擺著一條顯眼的藍色髮帶，是我從來沒有見過的東西，稍微皺起眉，從他的表情中清楚的讀出「這就是證據」。

「大概是不小心掉了。」

「也許。」韓颯把髮帶扔給我，「但也可能成為她按下門鈴的理由。」

門鈴響了。

我的思緒被扯回現實，這不是會有訪客的時間點，但我還是起身走向玄關，門外的人又急躁的按了一次門鈴，我一向不喜歡門鈴高亢的響音。

拉開門迎上的臉孔是張陌生的臉，不是女人而是男人，雖然拚命按著門鈴但男人似乎沒有預期門會被打開，又或者這麼快就獲得回應，於是短暫的不知所措爬上他的身軀。

在這靜默的間隙我仔細的思索，試圖從有限的記憶中探尋屬於男人的印象，我非常不擅長記住一個人的長相，即使是時常見面的研究生，一旦做了與平日風格不同的打扮，我就必須花上一段時間進行確認。

儘管我確實是不熱絡的人，但很多時候我冷漠的形象是源於我辨認人臉的問題，只見過幾次面或者印象始終不夠深刻的人愉快的打著招呼時，因為做不來維農說的「總之就先微笑揮手再說」，在蹙著眉思索的同時，大概，也澆熄了對方的興致。

「品柔呢？」

「有什麼事嗎？」

男人劈頭就扔出沈品柔的名字，彷彿一道明確的提示，我想起我見過這個男人，不是本人而是透過照片。他是沈品柔的男朋友。應該。

「可以叫她出來嗎？」

「她在睡覺。」

「睡覺？」

男人的語調拉高了幾個音階，一臉不可置信的瞪視著我，我不明白他為何突然湧生如此的憤怒，端正的五官染上些許紅暈，雙手不自覺握拳彷彿正在試圖緩和自己的情緒。

「等她醒來我再讓她打電話給你。」

「讓她打電話給我？」男人不可置信的重述了一次，我皺起眉愈發不能理解他的反應，「你以為你是誰？」

突然他抬起手揮向我的右臉，反應不及的我只能硬生生承受他的力道，男人再度拉起手臂時，走廊另一端傳來的尖銳叫聲止住了他的動作，突然女人衝了上前抓起包包拚命的擊向男人，不知所措的男人只能單方面的被毆打，但女人彷彿陷入無限輪迴，繼續下去說不定會將男人打成重傷。

沒有辦法我只好從後方架住女人，她仍舊劇烈的掙扎最後甚至將包包砸向男人。

準確的命中男人的腦袋。

「停下來。」

我在她的耳邊大喊，女人像嚇了一跳僵住身子，混亂的走廊終於歸於平靜，隨之而來的是比沉默更深的凝滯。

鬆開箝制住女人的手，她抬起頭，以柔弱又心疼的目光投向我的右臉頰，她的聲音出乎意料的輕緩柔細：「你沒事吧？」

「有事的不是我。」

女人像是忘了方才劇烈的毆打，納悶的望向半躺在地上吃痛抱著身體的男人，用著太過坦率而爽朗的嗓音：「要報警嗎？他剛剛打你，我可以當證人。」

但我是妳瘋狂毆打他的證人。

「只是誤會。」

「誤會？」

先將女人的問號擱在一旁，我轉向正緩慢起身的男人，「我是沈品柔的哥哥，現在你還有動手的理由嗎？」

「哥、哥哥？」

「嗯。」

「但她在電話裡明明說她要去找她最愛的男人……」

我嘆了一口氣。

「進來吧。」正要轉身我才想起女人還站在原地，這張臉我有點印象，「妳也進來吧。」

男人以非常恭順的姿態接過紅茶和冰袋，女人一臉開心的等著我倒茶給她，接過馬克杯時她的指尖輕輕擦過我的，她用著有些孩子氣的模樣小心翼翼的將紅茶吹涼，我想起來了，這個女人，能在如此詭異的狀況下依然怡然自得的女人，就是藍色髮帶的主人。

「妳有什麼事嗎？」

「我……」她用雙手捧著馬克杯，納悶的注視著我，隔了幾秒鐘才驚呼出聲，「啊、髮帶，我不小心把髮帶掉在這裡了，雖然不是貴重的東西，但如果被小梓知道我弄丟她送的禮物我就再也沒有禮物了。」

我沒有餘力理會她過多的說明，雖然非常希望能夠立刻將髮帶還給她，但沒有辦法，想睡覺的沈品柔很容易被推下陷阱，但睡到一半被吵醒的沈品柔會展開無差別攻擊殲滅所有妨礙她睡眠的生物；大概這也是為什麼男人從頭到尾都沒有湧生叫喚她的念頭，而是乖順的坐在沙發上。

「如果不趕時間的話就在這裡等一下吧。」

「可以啊。」她非常乾脆的點頭，「但是為什麼要等？」

「髮帶在我妹手上，她現在在睡覺。」

「喔。」

以為她會繼續追問但她卻安靜的啜飲著紅茶，這個女人沒辦法以邏輯或者常識簡單判斷，她愉悅的張望著屋子內的擺設，絲毫沒有不自在；相較於她的泰然自若，右手邊的男人尷尬的低著頭又不時以餘光偷瞄我，他的臉上瀰漫著愧疚與更多的困窘。

我不在乎。我不是有同情心的那種類型，縱使起因是沈品柔，也改變不了我挨了男人一拳的事實。

「哥……」

「不要那樣叫我。」

「我剛剛只是一時衝動，我——」

「不需要向我解釋，不管是衝動或是什麼，就算開門的是個你不認識的男人，在跟沈品柔確認之前你就已經下了結論。」

我冷淡的看了他一眼，無論是對於自身的不安，或者對於沈品柔的懷疑，都意味著他們兩人感情的動搖甚至裂縫。

當然愛情足以蒙蔽理性，也時常吞噬人們的判斷力，並且由於搖晃的不安定而萌生猜疑，然而愛情之中最令人恐懼的正是這一點，明明是懷抱著愛，卻反覆做出令對方感到疼痛的傷害。

所以才麻煩。

「你為什麼會在這裡？」

「品柔——」

沈品柔睡了舒暢的午覺之後心情似乎愉悅許多，問句裡沒有附加質疑或是憤怒，就只是單純的詢問。男人一方面如釋重負一方面又喚起稍微沉澱的焦急，他連忙起身迎向沈品柔。

「來這裡也沒用，我已經決定分手了。」

「妳現在不想結婚也沒關係，我可以等，不要生氣了好嗎？」

「我是生氣，但提出分手跟生氣沒有關係。」

「那可以等妳氣消了再來談，品柔，我真的很愛妳，不管要我做什麼，我都能替妳做。」

「不要給這種不著邊際的承諾，那好，你說什麼都能替我做對吧？」

「當然，只要是我做得到的。」

「你說的，分手吧，這點你應該做得到。」

「唯獨這點，我——」

「今天分手跟下星期分手都一樣啊。」

在一旁默默看著的女人突然給出微妙的感想，男人微微一愣，沈品柔則是認同的笑了。

女人的頻率真是讓人無法攔截。

「妳是要勸他現在就俐落的結束，還是要我多給他一個星期？」

「這不是我能決定的事，小梓說絕對不要介入別人的感情問題。」

「也是。」沈品柔冷靜的注視著男人，抬起手輕輕放上他的肩膀，「雖然聽起來很無情，但我們真的就只能走到這裡了，你想娶我，這點我很感激，但我沒辦法嫁給你，就算喜歡你，但喜歡沒辦法克服一切，至少，沒有深到讓我認為自己能夠成為你的妻子。我很抱歉。」

「妳總是這麼果決的處理感情。」

「我也很痛，但因為痛就逃避或是拖延，只會讓兩個人的傷繼續潰爛，我喜歡你，這是真的，所以我不願意讓這段感情帶來更多的傷害。」

「就因為我的求婚嗎？」

「是也不是，如果你沒有求婚可能我們還會愉快的牽著手，我也不會那麼快察覺，只是總有一天會走到這裡，雖然有一瞬間會猶豫，想著，說不定再堅持一段路就會想嫁給你也說不定；但我不是那樣的人，一旦產生了疑慮，我就再也回不去了。」

從某一點她和他就已經錯開，並且往截然不同的方向前行；然而大多時候的人們總是需要走上極其漫長的一段路程才能夠看見這個事實，越走越遠，不僅僅是從這裡到那裡，同時兩個人之間的距離也拉得越來越長。

某一天回過頭才驚覺，彼此已經離得那麼遠，而愛情，也偏離了起先的設想。

有些時候這與愛或不愛沒有關係，純粹是步伐不一致又或在岔路口選擇了不同號碼；只是，愛會加深彼此的掙扎與拉扯，儘管終點是失去的必然，卻仍舊不願意鬆手。

等到體內濃烈的愛被消磨得殘破不堪，才拖著疲憊的身軀轉身，或許，這才是對兩個人的愛情最大的傷害。

男人終究是走了，頹喪的踏出門外，而她輕緩的帶上門，像是她對於男人的一種溫柔，至少，不要讓他太過深刻的記憶下那日常卻透著冷酷的聲音。

03

這是什麼莫名其妙的畫面？

一個女人抱著另一個女人完全不顧形象也不在乎旁人目光劇烈的大哭，起初是右邊的女人安靜的落下眼淚，左邊的女人抽了衛生紙疼惜的替她擦拭，接著在視線交錯的瞬間，彷彿所有的一切都被理解了，於是右邊的女人開始嚎啕大哭，左邊的女人抱著她一邊拍著她的背也跟著哭了出來。

好吵。

簡直像缺乏邏輯又灑狗血的八點檔劇情，最折磨人的是即使桌上擺著遙控器也關不掉眼前的畫面。

「這是怎麼回事？」

「不要知道比較好。」

剛回家就被刺耳的哭聲襲擊的韓颯意會的點頭，安慰的拍了拍我的肩膀，絲毫沒有共患難的精神筆直的走回房間，落下門鎖的俐落聲響擺明了就是不想參與。

也好。至少事態不會擴張。

幸好會奮不顧身跳進泥沼的程維農暫時住在表哥家休養。

「沈墨，衛生紙沒了。」

「不要浪費衛生紙，直接用衣服擦吧。」

「我想喝水。」女人吸了吸鼻子，用手胡亂抹去臉上的眼淚，真是慘不忍睹。

「哭到口好渴。」

兩個女人對看了幾秒鐘之後忽然笑了出來，接著一前一後走進浴室梳洗，儘管雙眼非常紅腫，但經過瘋狂哭泣之後的她們像是雨過天晴一樣顯得輕快。

真是難以理解。

但為了表示身為哥哥的體貼，我還是走到沈品柔身邊輕輕的抱了她，即便她能夠俐落的處理關係，卻不等同她也能夠無情的割捨體內的感情。

外表越是堅強的人，就越有脆弱的可能。

「晚上請我吃飯。」

「知道了。」

「那也可以抱我一下嗎？」

站在一旁的女人揉了揉眼睛，經歷了一次又一次她超乎常識的發言，我已經不再懷疑自己的耳朵，總之將她列入「理解不能」的類型，不要試圖理解就好。

當然我想拒絕，也幾乎要拒絕了，但現在的狀況我實在無法設想拒絕會引發的後果。

我只好快速的給她一個擁抱，才想將她推離胸前她卻用力的環抱住我，柔軟的某些什麼毫無阻隔的擠壓著我，深呼吸，忍耐，她是一個女人而不是髒東西。

「可以放開我了嗎？」

女人有些留戀的望著我的身體，我往後退了一大步，不要想，什麼都不要想，也不要探究為什麼她的眼底會流露著不合時宜的留戀。

「我們家墨墨身材挺好的。」

「嗯。」

不要那麼真摯的點頭。

我突然想起女人是為了掉落的髮帶而來，只要將髮帶物歸原主就能讓她離開，但眼前的狀況已經超出我的計算能力，唯一我能得出的結論就只有一個：一旦沈品柔知道髮帶的主人是她，絕對會沒完沒了。

「啊，都這麼晚了，我該回家了。」

「還不到六點啊。」

「小梓要來家裡吃飯，今天是她生日。」匆忙的抓起包包她又忽然停下腳步，

「對了，差點忘了，髮帶，我是來拿髮帶的。」

為什麼不乾脆一點的忘掉就好？

「髮帶是妳的？」

「嗯。」女人接過沈品柔從口袋掏出的藍色髮帶，「大概是上次換衣服的時候掉的。」

「換衣服？」

「抱歉，我快來不及了，以後再說吧。」

以後？

還會有什麼以後？

沈品柔一把抓住她的手，「名字，妳還沒告訴我。」

「鄭媛。」

她揚起燦爛的微笑。鄭媛。她又說了一次。

鄭媛的身影迅速的消失在眼前，儘管笑著說下一次但她已經沒有任何理由再度踏入，除了名字之外她什麼也沒有留下。

我有種鬆了口氣的感覺。

「沈墨。」

「做什麼？」

「不要鬆懈得太早。」

「什麼意思？」

沈品柔勾起邪惡感十足的微笑，緩慢的攤開掌心，上頭擺著一條銀色手鍊。

她無辜的眨著眼，「我好像，不小心把鄭媛的手鍊扯下來了呢。」

「在想什麼？」

「沒有。」

「難得看見你發呆。」

「抱歉，剛剛妳說了什麼嗎？」

「這算是一種拒絕嗎？」

「拒絕？」

「看樣子是真的沒聽見。」她的唇邊掛著自信的微笑，「晚餐，我剛剛提到的。」

我的視線落在楊婕妤的眉間，漂亮的五官塗抹上精緻的妝容，我時常聽見研究生比較她和于澄，甚至進行過所謂女神的對決，當時最勇敢的研究生大熊試探性的詢問我意見，最後于澄拿過投票單，意味深長的拉著長音。

——如果是票選外表的話，沈墨絕對不會是有效的樣本。

這句話藏匿著調侃的弦外之音，長久以來與我共用辦公室的她不可能沒注意到我拙於辨識人臉的事實，甚至還有一段時期她蓄意進行不同裝扮來捉弄我。然而掌握不住核心的研究生們竭盡所能的從這些言語以及動作裡蒐集符合他們假設的線索，以非常違背實驗法則的偏頗，得出了「沈墨和于澄正在交往」的結論。

依照他們的解讀，于澄話意中的「不會是有效的樣本」近乎一種調情，暗示著在我眼裡不會有人比得上于澄。至於更早之前于澄熱衷於嘗試不同風格，也被視為女為悅己者容的表現。

這世界的混亂就是來自於人心的錯誤認知。並且是蓄意的。

「抱歉，我答應妹妹要陪她吃飯。」

「真可惜，那麼就改天吧。」

「嗯。」

「我先走了。」

她的動作裡從來不摻雜一絲猶疑，俐落的起身，禮貌性的點了頭便旋身離去。我的視線再度拉回桌上的文獻，風徐徐吹過，混著綠色與黃色的葉子緩慢的飄落，最後停在標題的位置。

午休時間我習慣坐在擺放在系辦外的木桌旁讀書，不知道從什麼時候開始楊婕妤會短暫坐在我的對面，主動開啟某些話題，卻又不拖泥帶水；起先我以為她只是偶然途經而禮貌性搭話，但延續成為一種必然之後難免洩漏某些被藏匿的心思。

「招蜂引蝶的沈墨。」

「乾脆我公開宣布我們確實在交往如何？」

「我無所謂。」于澄在我對面坐下，隨意的將及肩的黑髮往後撥，「老頭最喜歡這種亂七八糟的事了。」

「教授沒有時間參與這種事。」

「哼。」于澄冷冷的笑了，「不管再忙，他都會擠出時間來。」

「妳跟教授有什麼恩怨嗎？」

「既然不是會關心這種事的人，就不要丟出這種提問。」她話鋒一轉，「老頭很關心你和楊婕妤的進展。」

「什麼進展？」

「嗯……你還沒更新版本嗎？雖然我是你的女朋友，但楊助理毫不顧忌的介入，溫柔美麗的楊助理讓沈助理的心微微動搖，現在，你是兩個女神爭奪的對象，也是研究生們的死敵。」

「就算沒有我，他們也不會有任何可能。」

「沒人在乎這點。」

「久了她就會失去興趣了。」

「對於女人你的判斷力果然低下，你知道，總是被眾人捧在手心的楊助理，生平第一次遇見一個有吸引力又不在乎自己的男人，而這個男人居然是敵人于澄的男朋友，怎麼想都不甘心，所以絕對不會放棄。」

「那愛情在哪裡？」

「這種事無關緊要，又不是少男少女，需要才是首要考量，不管是感情上的需要、實質上的需要，或者其他種類的需要，對成熟的女人而言，這才是更加踏實的愛情。」

「是嘛。」

不期然的她模糊的臉龐滑過我意識的邊緣，鄭媛，如果是那個超脫常識的女人，或許會以堅定的口吻反駁于澄的論點。

但我為什麼會想起她？

「總之，老頭要我『盡責』一點。」她帶有惡作劇意味的弧度在唇邊勾起，「所以接下來我會認真扮演好『女朋友』的角色。」

「為什麼？」

「當然是為了讓狀況更混亂，只要我採取動作，對應的另一方，就勢必進行連帶的移動。」她瞄了一眼經過的研究生，刻意將身子趨前，完美掌握引人遐想的貼近。「雖然我討厭麻煩的事，但跟老頭相處久了也被汙染了，所以，讓冷淡鎮定的沈墨步上我的後塵好像也滿有趣的。」

「後塵？」

「嗯、大概就是所謂的，愛情。」

愛情。

對我而言幾乎等義於麻煩。

我談過幾次戀愛，大多都非常平淡而冷靜，無論是開始或者結束，當然我想這或許是我單方面的問題，即便不是，我也是必須負起大多數責任的那一方。

儘管明白這一點，我卻沒辦法逼迫自己進行改變或者妥協，並非不能，而是沒有為了對方更動自己的信念或者生活方式的意思；也許是期待一個能夠接受我完整樣態的人出現，又或者自己等待著能讓我主動選擇改變的女人。

我不知道。

大概想破了頭也無法釐清。

太多因素相互作用，解開了一個結，回頭又發現另一側纏上了新的繩索，就算這樣一層一層充滿耐心的破解，也像是無窮無盡一般陷入輪迴。

「每個人都想釐清所謂的感情，但耗費了大量力氣在這個部分，在另外的部分就理所當然的顯得無力或者不夠專注了。」

「另外的部分？」

「例如站在你面前的我。」

她是我交往過的女人當中最能理解我的一個，在提出分手之前她若無其事牽著我的手踏進咖啡廳，我一直想吃這裡的鬆餅，以稀鬆平常的口吻說著，看過菜單之後卻只點了一杯咖啡。

「不是想吃鬆餅嗎？」

「嗯，但我決定讓這間店的鬆餅成為一種隱喻。」

「隱喻？」

「聽說非常美味，雜誌上的照片也非常漂亮，踏進店家後聞到的香味也非常誘人，甚至鄰桌的餐盤裡擺放的鬆餅比起照片也毫不遜色，堆疊而起的這些以巧妙的方式膨脹了我的欲望，但是我知道，無論鬆餅的本身有多麼美味，都追趕不上我想像中的程度。」她說，「所謂的想像呢，是任何實體都到達不了的遠方。」

服務生熟練的將咖啡遞送到我和她面前，她輕啜了一口熱燙的褐色液體，斂下眼又旋即抬起眼安靜的凝望著我很長一段時間。

「沈墨，我們分手吧。」

「為什麼突然提出分手？」

「不是突然，而是經過漫長的累積，對我而言你就像這間店的鬆餅一樣，待在你身邊越久，我對你的貪求以及欲望就會漫無止盡的膨脹，當然我知道你是愛我的，但你給予的愛和我需要的愛隨著時間而拉扯出越來越大的落差，繼續這樣下去，我大概會摔到那深淵也說不定，最糟糕的狀況還可能硬拉著你往下掉。」

「我很抱歉。」

「這不是需要道歉的事，我說過，我知道你愛我，並不是不夠多，只是我要得更多而已。」她輕輕扯了嘴角，視線落在不知名的某處，「沈墨，我很愛你，但相愛的兩個人並不一定適合在一起，儘管明白這一點卻還是感到遺憾。」

「我知道。」

有很長一段時間我的體內瀰漫著屬於她的遺憾，微微的痛揉合著淡淡的酸澀，偶爾會感到哀傷，但我的日常沒有受到任何影響，儘管如此，她卻是我最深刻的愛情。

從那之後我更加具切的體認到自己的感情濃度確實比一般人來得低，感覺鬆了一口氣，也不再試圖挖掘自己體內的感情。

有就是有。沒有的時候無論如何找尋都還是沒有。

「你這樣會嫁不出去。」

「我沒有任何嫁人的意思。」

「程維農可以娶你。」

「不需要。」

「沈墨，你最大的問題就是『不需要』，一旦覺得不需要就連思考的意思也沒有，持續下去，就算哪一天你感覺到身體內部發出需要的訊號，也弄不清那是什麼；以你這種個性大概會設法找出答案，但找到答案的時候，你需要的那個人，我想也就已經跑走了。」

我沒辦法否認沈品柔話語中的可能，然而比起錯過，我更不願意踏進所謂的錯愛。

愛情非常麻煩，錯誤的愛情更是其中的極致。

然而比起避免陷入錯誤，我身旁的人大多傾向於勇於抓取眼前稍縱即逝的可能，錯誤可以彌補，但錯過卻會成為永遠的缺憾。或者疼痛。

不、比起這種尚且放置於想像中的疼痛，生理性的頭痛是更加實際也更加迫切的問題，我無奈的嘆了口氣，也許這世界上確實存在著維持平衡的系統，我越是想遠離愛情，就有越多的人設法將愛情塞進我的手中。

陳女士是更是箇中翹楚。

推開餐廳的玻璃門，幾乎是第一時間我就看見她的唇角綻放出燦爛的花朵，

才剛踏進餐廳，我的身子便微愣在原地。

女人。陳女士的身旁坐著一個同樣笑得開心的女人。

一個我居然認得臉的女人。

04

「小墨，這裡，快點過來啊。」

「媽。」

「先坐下。」陳女士就算年過半百仍舊風韻猶存，染得黑亮的頭髮讓她顯得比我印象中還要年輕，「快啊。」

我只好拉開椅子坐下。

對面的女人朝著我露出愉快的微笑，愉快到我幾乎以為那身影或許只是海市蜃樓，但這裡不是沙漠，也沒有磨人的高溫，她確實在我的眼前。

「打招呼啊，人家小媛可是特地為你撥出時間來的呢。」

小媛？

現在是小墨和小媛的晚餐時間嗎？

克制住。沈墨。你是淡漠又平靜的人，不要隨便被動搖，沒錯，這女人既然能夠在荒謬的情境裡頭處之泰然，那麼她本身成為荒謬的主體也不是多讓人詫異的事了。

我勉強扯了笑，禮貌性的點頭。

「可以說明一下嗎？」

「買蛋糕的時候遇見品柔，就跟她約好吃晚餐了。」

我果然沒有辦法掌握這個女人的脈絡或者邏輯。

如果我理解的沒錯，意思是她恰好走進沈品柔工作的蛋糕店，兩個人相遇後訂下了約會，但這跟現狀有什麼關聯？

「麻煩說得更清楚一點。」

「就是這樣啊。」

不要動搖，不要被這個女人左右，我面無表情的喝了一口摻滿碎冰的檸檬水，冷靜，對待這種沒有邏輯可言的人唯一的守則就是不能順著她的方向走。

陳女士興味盎然的觀賞著我和她的對話，絲毫沒有協助的意思，我沒有冀望她會替我釐清，她沒有跳進來攪亂就已經是值得慶幸的事了。

「我的意思是，妳為什麼會跟我媽一起出現？」

「品柔突然有事沒辦法來，但餐廳都已經訂好了，不來會讓服務生覺得困擾；品柔就問我能不能陪沈媽媽吃飯，這當然是沒有問題啊。」

簡而言之，這大概是沈品柔和陳女士的合謀。

陳女士偶爾會心血來潮安排餐會，沒有明說但心思昭然若揭，同事的女兒，朋友的姪女，或者是活動認識的女孩；然而為了避免跨越我能夠容忍的界線，她從未將我丟進一對一的不得不正視對方的情境裡，儘管我是她的兒子，或許正因為我是她的兒子，她更不願意掀起我的怒氣。

瞄了一眼陳女士毫無擔憂的容顏，我不願意探究沈品柔到底捏造了什麼故事，可以想見的是她必然會抓住「換衣服」這個關鍵詞大肆渲染，有了這個前提，就不難理解陳女士眼底曖昧的流光。

她認為有戲。

不、在她編寫劇本之前就已經有寫好一半的劇本擺在桌前，不用可惜，當然，這跟我的意志毫無關聯。

「老是板著一張臉，是想嚇跑誰啊？」

「我就長這樣。妳生的。」

「不要怪到我頭上，看看我把你生得多好，好到你板著臉都還是好看。」

「既然好看能嚇跑誰？」

「你這孩子。」陳女士白了我一眼，側過頭揚起截然不同的慈愛表情，「我們家小墨是外冷內熱，小媛妳不用擔心，他只是害羞。」

害羞？

我狠狠灌光了整杯水，過於冰涼的液體讓我的太陽穴微微抽痛，但稍微分散對於現況的注意力我感覺舒坦多了。

「我覺得沈墨很可愛。」

可愛？

用力握著玻璃杯，沒辦法水喝光了，這次我只能將三分之一的碎冰倒進我的嘴裡，其餘的三分之二是為了預防後續。

「小媛真是有眼光，偷偷告訴妳，我們家小墨的理想型簡直跟妳一模一樣呢。」

哪來的理想型？

我又灌下了三分之一的碎冰，冷冷的瞪向在遠處的服務生，快過來加水，但他無視於我強烈的意念帶著水瓶往另一條通道走去。

「可是伯母，見過幾次面就交往好像太快了一點。」

到底是誰要跟誰交往？

最後的三分之一，能夠鎮定我精神的依藉被消耗殆盡了，沒有辦法說明，只要有這女人出現的場合我的理智與克制力便會灰飛煙滅。

維農說過，有一種人的存在本身便會擊潰另一些人的規則，我想只是恰巧，非常違背我意願的那種恰巧，她看似純淨無雜質的笑容精準撞擊上我遮掩在裡處的細微裂縫。

我說過，對我而言這世界上最可怕的物種不是心機深沉的類型，而是坦率天真的人。

「不會啦，就算待會我和小墨直接到妳家拜訪也不會太快。」

「我媽可能會嚇到——」

「到此為止。」我拋出緩慢而清晰的話語，「媽，不要搧風點火，這女人會當真。」

短暫的靜止。

沉默。

最後女人清晰拋擲出言語。

「我分得出來什麼是開玩笑。」

鄭媛忽然正色的反駁我，愣了幾秒鐘後陳女士噗哧笑了出來，接著兩個女人若無其事的討論起菜單；服務生終於來了，揚起恰到好處微笑俐落的添水，微微點了頭後便轉身離去。

陳女士給了我一個曖昧的眨眼，以到洗手間作為暫時離開座位的藉口，鄭媛無聊的搖晃著玻璃杯，半透明的冰塊隨著她的動作而旋轉。

「你是不是討厭我？」

「還好。」她眨著晶亮的雙眼認真的注視著我，為了避免誤會我又補充了一句，「但也不喜歡。」

「不討厭就好了。」

「妳為什麼要跟著我媽還有沈品柔起鬨？」

「你相信一見鍾情嗎？」

鄭媛沒有回答我的問題反而丟出了更棘手的問號。

微小的凝滯從問號尾端作為起點逐漸膨脹，她透著些許稚氣的臉龐沒有任何表情，不符合我對於她的印象，但我對她從頭至尾都帶著極為偏頗的解讀；沒有一個女人會天真到無可救藥，所謂的單純也可能是一種選擇，如同我的淡漠。

「我喜歡你。」沒有任何預告她直截了當的敲碎凝滯，「從第一眼開始。」

「這是玩笑嗎？」

「不是，現在不是，純粹因為我不喜歡拐彎抹角，而且，可能你不會相信，我不容易喜歡上一個人，雖然會有好感但跟喜歡是兩種概念，起初是好感，在雨下得很大的那一天，之後我就頻繁的想起你，發現髮帶不見的時候我真的很開心，感覺有了可以見到你的理由，就是那一天，我喜歡上你了。」她漾開溫柔的淺笑，「大概是你抱著品柔的時候，我真的，覺得你果然是個非常溫柔的人。」

不期然的我想起那時她眼底的留戀。

她的尾音輕輕軟軟的。

「我呢，雖然知道現實有許許多多必須考慮的事，感情也在其中，但我還是希望自己成為一個簡單直率的人，小梓常常說這是莽撞，也會惹出很多麻煩，但我可能是不知悔改的那種人吧。」

不要笑。

不要笑得那麼燦爛又無害。

「沈墨，這是告白喔。」

「我沒有這種心思。」

「雖然很可惜但沒有關係，我喜歡你，這是我的事，雖然我的感情跟採取的動作勢必會對你造成影響，但你沒有非得接受我的責任，只是，可以拜託你一件事嗎？」

「什麼？」

「可以暫時先不要拒絕我嗎？」

我和鄭媛的對話就停在問號的端點。

這是相當危險的一件事，不是沒有延續空間的句點，也不是平順的逗點，而是太過容易讓想像膨脹的問號。輕緩卻沒有拒絕餘地的問號。

彷彿為了確保那問號的膨脹，沈品柔精準的在晚餐結束後現身，她和陳女士早已經和好，合理相信我是促進她們握手言和的功臣；總之她們愉快的一起離去，而陪鄭媛回家莫名成了一種不得不。

她沒有矯情的說「我可以自己回家」，而是率直的扯開燦爛笑容，戲謔的聳了聳肩，踩著非常輕快的腳步，像是準確掌握了我不會放任她一個人走進晦暗的巷弄之中。

起先我以為她是沒有腦袋的那種女人，僅僅是一頓晚餐卻顛覆了我的認知，她非常聰明，聰明到能夠屏除某些不得不的複雜。

「其實我平常不會經過那裡。」

我已經習慣她突兀又缺乏前提的話語，側過頭我的視線落在她的鼻尖，她的唇角總是掛著愉悅的淺笑，即使披著慘白的光線卻無損她所散發的顏色。

她比我印象中還要嬌小一些，安靜的凝望著她的微微晃動的長髮，只有在這樣沒有言語也沒有思量的情況下才稍微能夠接近客觀的接收到某個人，但人終究脫離不了主觀的解讀，於是印象與確認之間總會產生微小的落差；然而她身上所顯現的落差卻比我習慣的大了些，可能我因此不小心踉蹌在誤判的縫隙，於是在抗拒的同時也不由自主的關注著她，試圖蒐集更多的線索來彌補超出我所能掌握的落差。

「像是註定一樣。」鄭媛甜膩的笑著，微微偏著頭右手指捲著散落的髮尾，「我特別喜歡命中註定這種說法，雖然小梓總是說『任何一件事都有前提，只要蒐集足夠的線索就能夠輕鬆的擊破所謂的宿命論』。大概。但人很難得到完整的訊息吧，所以偷懶一點、浪漫一點的以命運來解釋，我覺得很好。」

「因為不想思考嗎？」

「嗯。」

她跨了一大步又忽然停下移動轉身面向我，我只能跟著停下，兩個人便在路燈光暈籠罩的圓筆直的對望。

沒有迂迴也沒有掩飾，儘管抹去的遐想的延伸卻同時避免了感情的過度扭曲或者失真，她甜膩的笑著，眼底是輕易便能被讀出的留戀。

她說：「感情是一種直覺，經過解讀之後雖然給人一種『好像瞭解一點了』的感覺，當然也需要被說明或是解釋，只是，該怎麼說呢，我一直沒辦法好好闡述這件事，但總感覺經過我的解釋再傳遞給對方，對方接收之後又再一次解讀，翻譯都會有誤差啊，人的感情誤差應該更大，所以我想，既然感情屬於直覺的範疇，那就乾脆一點的感情用事好了。」

「這樣會讓人困擾。」

「我知道，小梓也這樣說過我，所以有一段時間我也過得小心翼翼，經過了很多衝突才慢慢取得平衡，像是對我的家人、對小梓或是某些親近的朋友，跟對待其他不夠熟稔或是沒辦法接受的人，態度就會不一樣。」

「是嘛。」

「至少我朝著這個方向努力。」

「快走吧。」

「可是我想像這樣多看你幾分鐘。」

「我不想讓妳看。」

「沈墨。」忽然她伸出手，指尖抵上我的鼻子，溫熱的觸感直接卻有些失真，「換你當鬼。」

「就算我是鬼也不會抓妳。」

「沒關係，我可以投降。」

「就算延遲拒絕，終點也還是拒絕。」

「大概，但也可能不是，當然是抱持這樣的貪圖，不過就算最後踏進拒絕，也沒有特別的損失啊，更重要的反而是『沈墨給過的延遲』這部分了。」終於她旋過身，繼續暫止的移動，「沈墨，在我眼裡你是熱呼呼的喔，雖然很冷淡但不會讓人感覺到寒冷，我很擅長這一點呢，感覺溫度這種事，這世界上大多數的人都表現得很熱絡但其實冰冰涼涼的，這沒有好壞的問題，只是我還是比較喜歡暖暖的東西。」

我無從知曉鄭媛眼底的世界究竟是什麼模樣，她將雙手背在身後，以孩子氣的方式一步一步確實的踏著，垂落在身後的長髮隨著步伐輕輕擺動著，陷入陰影又踏進光亮；她沒有繼續說話，但那並非無話可說或者保持沉默，純粹只是安靜。

安靜。

——我很害怕像這樣沒有言語也沒有聲音的瞬間，一旦沒有人說話，那麼，就不得不聽見自己體內鼓譟的叫喊了。

我斂下眼忽然停下腳步。

「我就送妳到這裡了。」

「也好。」她沒有探問臉上也沒有顯露失望，仍舊是寬容而輕快的笑著，「被我弟看見的話我就整晚不用睡了。」

「妳先走吧。」

「嗯。」

鄭媛點了頭，沒有多餘的告別，乾脆的轉身離去，依然用著與方才相同的步伐，我花了很長一段時間站在那定格之中，並且花費更長一段時間確認了我已經不在那定格之中的事實。

「老師，你可教我板著臉也顯帥的角度嗎？」

「翻到下一頁。」

「對、沒錯，就是這樣，老師你不要動，讓我量一下，啊，這個瞪視的力道也恰到好處，老師，我真的是太崇拜你了。」

「鄭令翔。」

「這種不怒而威的樣子我也好想學，唉，雖然我在班上很有人氣，但都被女生當成可愛的那類型，女同學還是喜歡比較成熟的學長們啊。」

鄭令翔鼓著嘴一臉哀怨的解著三角函數，確實是非常可愛的類型，無論是長相或是說話口吻，雖然這種感想不很恰當，但總有種蝴蝶犬或者雪納瑞的氣息。

注視著他尚未顯現過多稜角的側臉，一抹隱約的不對勁滑過我意識邊緣，然而在能夠掌握之前又如煙霧般迅速消散；他輕鬆的解開了有點難度的題目，筆尖移動到更加困難的進階題，數字與符號對男孩而言不構成任何阻礙，在年少的心思之中，男女情愛才是最難理解的課題。

然而，已然遠離年少的我同樣求不出最佳解。

「這麼想談戀愛，是有喜歡的人嗎？」

「嗯。」他的雙眼忽然閃現耀眼的流光，沒有害羞或者遮掩，興奮的扯開笑，「隔壁班的女生，笑起來的時候眼睛瞇瞇的，像狐狸一樣，超可愛的；她不太說話，但都會認真聽我說話，就算不好笑的笑話她也是會笑……不過也只有打掃時間能跟她說到話而已……」

「所以，想和她交往嗎？」

「不知道。」他的話語中混進某些青澀的困惑，「我覺得能這樣每天跟她講一點話就很開心了，雖然也想更親近，但如果靠近一點，現在的關係也會改變吧，所以我也不知道，不想失去現在讓人覺得很舒服的距離，偶爾又稍微貪心一點……如果她跟我姊同類型怎麼辦？就是對每個人都差不多又特別遲鈍，雖然沒有做出讓對方誤會的事，但維農哥說一旦抱有喜歡的感情，就會把對方的善意解釋成可能性，我姊身邊就有一堆這樣的男人，每次我姊皺著臉苦惱的吃不下甜點的時候，就是有人跟她告白但她很困惑的時候……」

他喝了一口稍微退冰的綠茶。

「我姊是那種會直接表明自己沒有這種意思的人，小梓姊說這算是當中最簡單的狀況，有很多人會沒辦法果斷的回應，就迂迴的躲藏，或是不明不白的拖延……唉啊，反正就是會牽扯出很多很麻煩的事情，不過就是喜歡而已，為什麼非得弄得這麼複雜不可呢？」

不過就是喜歡而已。

對眼前的少年來說可能愛情就是這麼一回事。

喜歡或者不喜歡。

愛情的本質或許也就只是這樣，然而經過跋涉之後，人們肩上所背負的重量往往無法如此簡單，一層又一層的考量與取捨，那已經不單單是愛或者不愛，而是能不能夠愛，或者願不願意去承擔所謂的愛。

於是裹足不前的自己沒辦法直視所謂的前方，因而轉過身開始對著那些不顧一切往前奔跑的人們大聲疾呼，說著，愛沒有那麼簡單。

然而，愛是簡單的。甚至過於簡單到讓人不敢碰觸。

因為害怕從那純淨無瑕的反光之中瞥見早已不復從前的、自己。

「既然沒有特別想改變的意思那就暫時維持現狀，等你的感情給你想改變的訊號時再採取行動也不遲，或者，就算你想維持現狀，也有可能面臨不得不的改變。」

「小梓姊也這樣說耶。」他皺起鼻子點了點頭，「想往前跑的時候腳就會自己動了，嗯，既然兩個成熟的人都持一樣的論點，應該就是這樣了；維農哥跟我姊果然不能信。」

鄭令翔比同齡男孩更顯稚嫩的臉龐愉快的笑著，飛快的解著數學題，看著眼前的畫面我卻不自覺皺起眉，總感覺有一抹微妙的違和竄過，特別在他愉快的晃著腦袋的這一刻。

稚嫩的臉龐。

天真無害的笑容。

直率而沒有任何遮掩。

搖晃的腦袋。

小梓說。

突然我坐正身子，小梓，類似的發音我似乎聽過幾次，鄭令翔，鄭，我下意識的否認，不對，我分明見過他口中的姊姊，就是那個在樓上發出哀嚎的女人，但我並沒有仔細辨識女人的輪廓，我的印象只停留在她拙劣的倒退上樓的身影——

「你有提過你姊姊的名字嗎？」

「忘了，老師對我姊有那麼一點興趣了嗎？」

「當我沒問。」

「可是她今天到台中出差，心不甘情不願的，前天晚上還吃了兩碗冰想弄壞肚子，結果頭痛到睡不著還是揹著行李出門，超笨的吧。」

什麼都不要揣想。沈墨。什麼都不知道最好。

「今天就到這裡。」

「老師，」他帶著依依不捨的目光拉住我的手，「今天有檸檬愛玉。」

一打開房門我就目睹極其可怕的畫面，我的手還停留在門把上，躺在床上邊翻雜誌邊用吸管喝著鮮奶的沈品柔瞄了我一眼自動無視我的存在；她的衣服、雜物隨性的扔在四周，垃圾桶裡塞滿了零食包裝袋，而書桌上我讀到一半的書也被推到角落，隔壁擺著她的保養品與化妝品。

「妳當這裡是自己房間嗎？」

「我們都分享過同一個子宮了。」

我無奈的嘆了一口氣，沒有辦法只能將屬於她的衣物撿起集中在椅子上，儘管只是短暫的安慰，我努力說服自己不要追究她在床上進食這件事，千萬不要。

沈品柔天生備有一億種潰解我理智的方法。

「妳什麼時候要回家？」

「給你多一點和我相處的機會，你要懂得感激。」

「我很感激，但適度就好，保持距離才更有美感。」

「美感。」她敷衍的點了點頭，「嗯，我們家墨墨終於也進展到討論美感的地步了，真是欣慰。」

「沈品柔。」

「你又不是睡沙發，是睡程維農的床，既然如此，也就沒有不舒服的問題，而且，陳女士需要一點空間來跟沈杯杯培養感情，他們好像考慮再婚。」

「什麼？」

「我不想當電燈泡也不想卡在中間，所以，你的床是當前最好的選擇。」

我嘆了一口氣。

從來我就沒弄懂過我爸和我媽之間撲朔迷離的感情，他們很相愛這點無庸置疑，即便如此他們依舊在我國中畢業那年協議離婚；但我們一家四口的日常並沒有太大的改變，沒有所謂的分居，也沒有另一個陌生的男人或者女人介入，甚至他們已經不具婚姻關係的事實也沒有多少人知道。

「為什麼要離婚？」

「因為有必要。」高中畢業那年我終於問了這個問題，那時爸正喝著睡前啤酒，微醺的眼泛著些許酒意，「婚姻這種東西很複雜，比我當初想像的還要複雜，特別是人在裡頭時更容易看不清共同擁有婚姻的另一個人；我很愛你媽，但不知不覺當作愛是一種理所當然，理所當然的接受她的付出，理所當然的要求她的付出，曾經會仔細呵護她的我、會花費心思討好她的我、會對她的愛感到感激的我，好像，褪色一樣被日常的雜亂掩蓋，當然不是每個人的婚姻都是這個樣子，只是，跟你媽認真的談過之後，我們還是決定離婚，老實說是我的問題，為了讓我不要忘記，你媽的愛並不是一種應該，而是我累世得來的幸運。」

爸淺淺的笑了。

「雖然是很荒唐的決定，但絕對一點也不草率，小墨，總有一天你也會領悟，緊緊抓住並不一定能帶給對方幸福，也不一定能夠真正獲得愛；每一個人、每一份愛，都有不同的顏色和方式，沒有絕對的公式這種東西。」他喝下玻璃杯裡最後一口金黃色液體，「如果有的話，可能就是想讓對方獲得幸福的心吧。」

讓對方獲得幸福的心。

從那之後我時常思索著爸的話語，他很少那樣正經，大多時候他都嘻皮笑臉彷彿這世界上的一切都能笑鬧而過，陳女士說過，爸用著屬於他的方式將他的信念傳遞到我們身上。

無論是多麼痛苦的瞬間，一旦蒙上詼諧的色彩，就會帶著故事性的荒謬與滑稽，而退後幾步從那距離觀看，所謂劇烈的痛苦便透著失真的模糊。

爸說，大多數人們所經歷的苦痛都是如此，因為離得太近所以特別的痛，但試圖抽離自己的同時也要努力接近所愛的人，因為離得近，才能體會到對方的痛。

現在的我稍微能做到前者，然而體會另一個人的感情仍舊是艱難的課題。

我瞄了一眼狀似愜意的沈品柔，儘管她的神色與言行沒有顯露，但剛割捨一段感情的她必然需要另一個人的陪伴；況且，縱使是自己的爸爸和媽媽，但要現在的她近距離面對兩個如膠似漆的男女也是種煎熬。

「沈品柔。」

「做什麼？」

「不要在我床上吃東西。」

「嗯哼。」她放下雜誌瞇起眼注視著我，「因為我把這裡當作自己的房間，所以放鬆的、同時充滿愛意的使用；現在，我們親愛的墨墨是在提醒我『這裡不屬於我』嗎？」

她的話語如果以哀憐的口吻說出，絕對不可能引起我的同情，所以沈品柔當然不是，而是以無害的語氣略顯納悶的問著，當然，砸到我頭上的問號不是真的問號，而是威脅。

對於「不屬於她」的房間，就算做出任何事，她也不會有一絲心疼。

大學時我用整個暑假的打工費買來的機車就是被沈品柔毫不猶豫的拆毀，她說，她突然對機車的構造非常感興趣，但拆完之後發現自己果然不喜歡這些東西。

「算了。」

「我們家墨墨人最好了。」

不要看，沈墨，把視線移開，不要去想沈品柔剛剛抓起雜誌時從頁面抖落的餅乾屑，也不要去瞄她隨意將床單上的餅乾屑撥到地板的動作，往後退，對，像這樣一邊忍耐一邊退出房間就好。

我用力的闔起房門，腦中回放著殘留在意識之中的巨大響音，現在，只要轉身走回客廳就好。

但沈品柔猛然把門拉開。

「忘了說，」她揚起愉悅到讓人感到刺眼的笑容，「鄭媛在巷口那間很做作的文青咖啡店等你。」

「什麼時候？」

「嗯、現在。」

該死的沈品柔。

沈品柔非常擅長戲弄我，而最嫻熟的部分在於，她不會留下任何餘裕讓我辨別她話語的真偽。

儘管讓鄭媛等也無關緊要，因為不是我訂下的約定，但我仍然莫可奈何的下樓，沈品柔深諳所謂的哥哥就是為了替她善後；然而當咖啡廳躍入我的視野時，我忽然發覺，自己竟下意識的揣想著鄭媛失落的神情以及、迴避那畫面。

按下自動門的按鈕，玻璃門安靜滑開的瞬間冰涼的冷氣直撲上我，在服務生招呼我之前我便找到坐在角落的身影，緩慢的我朝她走去，我不很明白自己此刻的心思或者心情，到底希望沈品柔的捉弄是真是偽；但那已經不重要了，鄭媛在這裡已經是個事實。

「沈墨？」

「妳跟沈品柔約好了嗎？」

「沒有啊。」

「沒有？」

「要坐下嗎？」

我應該要轉身離開的，但我卻選擇拉開椅子坐下，而服務生順勢送上水和菜單，我沒有翻閱直接點了一杯冰美式。我需要冰涼的什麼。特別是能夠有效使神智維持清醒的某些什麼。

「那妳為什麼在這裡？」

「在美國工作的高中同學這星期回來，因為她很喜歡甜點，為了找合適的見面地點我就問了品柔，這裡是品柔推薦的。」

「為什麼只有妳一個人？」

「來勘查。」鄭媛甜甜的笑了，「不想讓朋友失望，所以就先來試吃，本來弟弟也要來，但接到同學約打球的電話。那你為什麼會來這裡？」

「沈品柔說妳在等我。」

鄭媛稍微愣了一下，輕輕的笑了，銅鈴般的清脆笑聲浮動在店內播放的古典樂之中，服務生以冷淡的口吻送上了冰美式，她淺啜了一口飲料。

「這裡離你的住處非常近，來之前我盡可能讓自己不要思考這一點，但是沒辦法，還進行了『在路上遇見沈墨要如何約他一起喝咖啡』的練習，但還是沒有巧遇，不過幸好有打電話給品柔呢，本來想約她，順便麻煩她以專業的角度來判斷這裡的甜點，但她忽然對我說『吃蛋糕之前要先許願才行』，然後我就許願了。」

她說。

軟軟緩緩的。

「實現了喔。沈墨。」

「妳的願望就那麼小嗎？」

「對我而言，只要是願望就都是巨大的，所謂的願望不就是『想成真卻沒辦法』的念頭嗎？」

「願望一旦成真了就不吸引人了。」

「也許，我不知道，只是這個願望實現之後，不自覺就湧生另一個願望，非常貪心的，像永遠都沒辦法滿足一樣。」

「願望的終點是希望我愛上妳嗎？」

「不是，那是倒數第二個。」

我瞇起眼，認真的凝望著她唇角泛開的笑靨，但她沒有繼續，而是以叉子切開了蛋糕，「吃嗎？有點微苦不太甜的巧克力蛋糕。」

「我該走了。」

她沒有任何失望或者怨懟的將蛋糕轉送自己口中，「品柔的推薦果然沒有錯。」

「這樣我也不會留下。」

「我知道，但是，我也是會失望的。」

最後我還是陪鄭媛吃完了巧克力蛋糕，她甚至還加點了三明治，我續了兩杯咖啡，藉以麻痺我的感知，鄭媛從頭至尾都以甜膩的笑容注視著我，偶爾拋出沒有前提的話語。她像個孩子，毫不掩飾自己的感情，我想，大概自己便是從這樣強烈的印象延伸，隨意的將她歸類為不成熟的類型；然而從察覺到她的聰慧那瞬間起，她所顯現的純粹，便帶來一次又一次的衝擊。

或許她比誰都還要細膩，因而得以拿捏最適當的程度，儘管說著「我很失望」這樣的話語，卻不讓人感到負擔同時也不覺得懷疑。

她沒有吞嚥所有感情的意思，卻也不願意恣意的逼迫對方承接那些感情，於是以最困難的方式，讓沉重的情緒顯得輕盈。最後飄散。

飄散。

那麼也許會在到達對方之前便消逝無蹤。

「不要那樣看我。」

「是願望嗎？」

「就當作是吧。」

「可是大多數的願望都不會實現。」

我忽然感覺她一閃而過的愉快微笑和沈品柔有微妙的相似。

「鄭媛。」

「嗯？」

「沈品柔對妳說了什麼嗎？」

「我和品柔說了很多話，不一定都會跟你有關，我喜歡你跟我喜歡品柔是兩件獨立的事，不過，確實是從中得到許多關於你的訊息。」

「不要拐彎抹角。」

「可是品柔說要保護沈墨的自尊……」

「鄭媛。」

「你今天喊了我的名字兩次，」她的頭微微傾斜，靦腆的笑了，「我很開心。」

「我知道妳很擅長偏題，但我不是會忘記主旨的那種類型。」

「真可惜，但我還是不會告訴你，就算喜歡你也不會告訴你。」

「算了。」

「沈墨。」

「做什麼？」

「只是想喊你的名字，沈、墨，雖然只是個名字，但對我而言，能這樣喊著，而你會回應，就已經是一種幸福了。」

鄭媛的唇邊泛開非常溫柔而滿足的微笑，她眼底盪漾著難以忽視的光亮，映現在她眼底的我的倒映，也跟著一併染上那燦爛。

我不自覺斂下雙眼。

沈墨，不要動搖，絕對不要。

「我該走了。」

「嗯，我也差不多該回家了。」

「我沒有送妳回家的打算。」

「對於這點我不會感到失望。」她跟著我站起身，右手拿起椅子上的提包，「如果待在你的身邊有一定的額度，這頓下午茶已經太過揮霍，所以就算你要送我回家，我也會拒絕你。」

「鄭媛……」

「第三次。不要再喊了喔，不然我晚上會睡不著。」

「就算清楚延伸的盡頭是不可能，但人還是會一點一點的陷下去，等到抵達的那一刻，不得不接受的除了不可能，還多了苦痛。」

「我知道。」她說，「只是比起疼痛，我更害怕的是後悔或者，遺憾。」她說。

在轉身之前。

「小梓常說我的邏輯和大多數的人不一樣，我知道會痛，而且是很痛的那一種，走越遠越痛，但沒有辦法，我的理智永遠說服不了感情，所以想盡可能的走得更遠一點，沈墨，就算是痛，對我而言那也是藏匿著你的疼痛。這才是最重要的一點。」

□

我非常怕痛。

但我更害怕的是那痛裡沒有你。

06

我不應該在晚上攝取過量的咖啡因。

凌晨兩點三十九分，不，現在是兩點四十分，我花很長一段時間嘗試著入睡，但是沒有辦法，儘管身體感覺非常疲憊與睏倦，但所謂的睡意才是凌駕於所有的重點，而我的體內絲毫沒有這種東西。

窗外的月亮是細長的下弦月，透進房間內的光線是巷口的街燈，由於那亮度讓月亮幾乎不可見，有幾顆暗淡的星星，我想，星星的亮度也許從未改變，關了燈、開了燈，被左右的都是太過輕易就被影響的感知。

因而有些時刻人們體內湧生的感情，不過是一時被周旁的環境動搖，但終究會消散。

至少我是這樣相信的。

特別是在無緣無故回想起某些什麼的現在。

我放棄般的坐起身，調整了讓自己感到舒適的姿勢輕輕靠在枕頭上，斂下眼那隱微的睡意終於攀爬上我的意識，但還不夠，這種程度只是讓我感到恍惚，理智逐漸被抽離，對我而言這是太過危險的模糊，卻沒有任何辦法。

她略顯哀傷的神情終於從深處飄出，黏附著她文弱的嗓音，沈墨，沈墨，她喊著，她總是這樣哀傷的喊著我的名字，彷彿，沈墨這兩個字便是所有哀傷的起點。

又或者，從她口中唸出的名字因為必須是沈墨，因而蘊含著不能被揭穿的疼痛與想望。想望。過了很長一段時間之後我才明白，她所有的言語以及動作之中傷我最深的便是她的想望。

在我的擁抱裡頭卻與我無關的想望。

「沈墨，我以為你不會動搖，但這樣的以為都是我的自私與卑鄙，我知道，我真的知道，卻還是假裝什麼也不明白的緊緊拉扯住你，拚命告訴自己，沈墨不是會動搖的人，不是，但我還是看見了你的動搖，我應該鬆手的，在察覺的當下我就應該逼迫自己鬆手，因為是那麼溫柔陪伴著我的人，我卻，卻還是為了保全自己而佯裝不知……我終究，還是成為你心底的一道傷口了。」

這不是誰的錯。

在維農吞嚥下所有憤怒在我身旁猛灌著啤酒時我下了這個結論，我身旁的朋友都認為她是個卑劣的女人，但誰也沒有說出口，於是我也無從替她辯解，但我想，縱使我積極的解釋，他們也只會在她的身上貼上更加難以洗脫的標籤。

感情的事就是這樣。所有人都站在自己的立場去考慮另一個人、或者另一份感情。

我知道，我真的知道，打從一開始就看清她就是這樣的一個女人，為了遺忘一個人因而接受另一個人的擁抱，偶爾會從那擁抱中萌生新的愛情，但大多時候沒有辦法，一旦心底的愛情消卻殆盡或者疼痛已經趨緩到自己能夠消化的程度，也就不需要眼前的擁抱，那麼推開也是理所當然的判斷。

因為覺得冷所以尋求溫暖。

對她而言就是如此簡單的行為，當然這過程中傷害了許許多多的人，然而她沒有掩飾，而且打從一開始就明確的指出自己需要取暖，在如此的前提之下仍舊伸出手的人們也等同於願意承擔傷害的風險；但不是這樣，大多數的人們理所當然的受傷，卻憤怒的指控她的卑劣，對我而言，這才是真正的卑鄙。

「人的本質都是卑鄙的，假使在自己和對方之間只能保全一個，那麼絕大多數的人，都會選擇自己，那些衍生的愧疚、憤怒、疼痛或是詆毀，都只是為了掩飾藏匿在自身深處過於銳利的抉擇。」

韓颯只對我說了這段話。

我想，他試圖迂迴的告訴我，即便是遷怒也無所謂，因為必須保全自己。

但我終究沒有，我選擇了理智，儘管必須耗費過於漫長的時光來消化情感上的落差，然而唯獨對她我不願意成為一個卑劣的人。

等到我察覺時，才終於明白這也是一種愛情。

沈墨。

忽然我睜開眼，窗外不知何時灑進了微光，我用力揉了發疼的太陽穴，不自覺回想起那輕軟的嗓音，不是她的，而是她的。

沈、墨。

我甩了甩頭，猛然站起身，這不是適當的回想，我需要一大杯冰水鎮定精神；然而當我的手貼放上冰涼的門把，她的話語卻更加清晰的竄進我的意識。

「雖然只是個名字，但對我而言，能這樣喊著，而你會回應，就已經是一種幸福了。」

□

「終點是什麼？」

「什麼？」

「願望。」

「嗯……」鄭媛輕輕的笑了，「大概，是希望自己能夠成為沈墨的願望吧。」

□

「你這種憔悴的表情是想營造什麼情境？」

「只是沒睡好。」

「嗯哼，沒睡好的情境。」于澄曖昧的表示意會，稍微點了點頭，「是該來點下馬威。」

「不要興風作浪。」

「平常你不會阻止我的，但這樣也好，我的興致更高了。」

我嘆了一口氣。

除了持續揉著太陽穴之外什麼也不能做，她喝了一口冰涼的薄荷水，懸掛在木門上鈴鐺叮叮噹噹的響了起來，于澄禮貌性的揮手，迎面走來的是一臉燦爛的楊婕妤。

「看見美女精神應該會好一點。」

「我沒有這種判斷力。」

「也是。」她幸災樂禍的壓低聲音，「我剛剛想到，也是有另一種沒睡好的情境。」

「什麼？」

「昨天我向楊婕妤『訴苦』，說我跟你的感情似乎有一點問題，兩個人獨處開始有些尷尬，她就主動提議她可以陪我們一起吃飯，你看，她臉上的笑容比平常燦爛多了，畢竟趁虛而入也是一種好方法。」

「于澄。」

「這樣很好，眉心再皺緊一點，沉重一點，揉著太陽穴的動作也不錯。」

「妳在整我嗎？」

「感覺不到嗎？」

她戲謔的聳了聳肩，在我說話之前楊婕妤就已經走到桌前，並且流暢的和于澄進行寒暄。女人真是可怕，明明就不喜歡對方，卻能像好朋友一樣愉快自然的談話。

于澄不是這樣的人，她通常都是禮貌性的意思意思扯一下嘴角，但為了強大的惡趣味，這點犧牲大概不算什麼。

她說，因為我被我的男人吃得死死的，為了鞏固我的自尊，我只好踐踏另一個男人的自尊。

真是殘忍。

「沈助理的臉色看起來不太好呢。」

「嗯，昨晚沒睡好。」

于澄「不自覺」咬了唇，以眼角餘光偷覷我一眼，我不知道這女人演技這麼細膩，但訊息大概是傳遞給楊婕妤了，她對著于澄泛開理解的淺笑。

不要參與。

也不要拆穿。

當作什麼都不知道最好。

「要不要先回辦公室稍微睡一下呢？」

我瞄了一眼于澄，她輕輕搧了睫毛示意我能夠退場，可能基於她微薄的同事愛，但我想主因是她認為這樣能夠膨脹我和她之間的緊張感。

「很抱歉，那我先回去了。」

「沈墨，我陪你走到門口。」于澄立刻站起身走到我身邊，「楊助理，麻煩妳稍微等一下，可以嗎？」

「不用在意我。」

於是于澄就以戰戰兢兢的姿態陪我走到門邊，踏出餐廳之後她露出非常開心的笑容，「去吧，睡飽一點。」

「妳又想做什麼？」

「當然是激昂的宣告『我沒辦法沒有沈墨』啊，這種時候最能引發女人爭奪的慾望了。」

「女人都那麼變態嗎？」

「大概，我也不是很清楚，不過裡面那個應該就是個變態。」

「我什麼都不知道。」

「現在想切割已經來不及了。」

「我哪裡得罪妳嗎？」

「沒有，我還滿喜歡你的。」她拍了拍我的肩膀，「雖然不想承認，但我跟老頭最像的地方大概就是愛的表現法了吧。」

妳真的是變態嗎？

差一點我就這麼問了。但我緊抿著唇，禮貌性的扯開嘴角，而她熟練的走在我身旁，彷彿打從一開始我們就是這樣並肩而行的關係。

「抱歉，沒有知會一聲就在門口等你。」

「有什麼事嗎？」

「嗯……我知道這不是我應該插手的事，但于助理的狀態有點不是很好，我很擔心。」

「是嗎？」

「人就是這樣，有些時候因為太過在乎反而會傷害到對方，所以就需要一點緩衝，這樣說有點不自量力，但如果能幫上一些忙，隨時都可以找我。」

瞄了她一眼，以我有限的判斷力，她側臉的弧度確實給人一種美好的知覺，但這一刻我終於察覺自己在她身旁始終感覺不到舒適的原因，當然是由於她的心思，但主因卻是她以關心覆蓋上濃烈的私心。

因為是討厭的于澄所以無所謂嗎？

差一點我就這麼問了。可能，對某些人而言，自我的感情永遠都擺放於第一位，即便不得不傷害的是深愛的友人，這樣的她，一旦判斷了我可能對她造成傷害，在某一瞬間或許也會毫不猶豫的傷害我。

對年少的鄭令翔而言，感情很單純，喜歡或者不喜歡，後續的什麼，無論是什麼，都是在喜歡之後的事情了；然而對於我，或者對於不得不「成長」的人們來說，喜歡已經被推移到了複雜的考量後頭，假使預想到了傷害或者失去，那麼，我們或許依舊會咬著牙揮去那濃郁的愛的氣味。

「我和于澄沒有什麼問題。」

楊婕妤側過頭仔細的凝望著我，微微瞇起眼彷彿正在判斷我話語的真偽，最後她收回視線，決定將我的言語視為一種抗拒。

「很多時候並不需要一個巨大的問題，甚至不需要一個明確的問題，又或者，因為微小同時模糊，人就會刻意忽略問題點，雖然有非常不對勁的感覺，但研判還沒有造成裂縫的可能，於是就這樣拖延，直到不得不面對的時刻來臨，然而走到那種程度，大概裂縫已經擴張到沒辦法跨越的狀況了。就這點而言，女人屬於非常敏感的一方，大多數的男人會認為是女人放大問題，但在我們看來問題本來就是這麼嚴重。」

「是嘛。」

「于助理不是容易示弱的人，可能你也知道，其實我和她一直有著微妙的緊張關係，但她放下身段對我說了很多話，我覺得，這是很不容易的一件事。」

緩慢的我停下腳步，紅燈下的數字從69開始遞減，楊婕妤的外套衣袖輕輕擦過我的，她盯望著持續變換的紅色數字，我忽然捉摸不了她的心思，這一刻，走在我身旁的理由，究竟是為了于澄，或者是為了她自己。

于澄說，你永遠搞不清楚女人的心思，因為女人自己也沒有辦法，這一瞬間想要把你搶過來，但下一瞬間卻又認為不要介入比較好。人心太過複雜，複雜到讓人沒辦法看清眼前的風景。

綠燈亮了。

我和楊婕妤的步伐開始移動。

「我很愛于澄。」斂下眼我以淡漠的口吻緩緩的說，「離開她不在我的考量之中。」

07

「就說了不是那樣。」

「辯解。」

「我不知道我為什麼要像這樣幾乎腦充血的解釋，但不是，不是就是不是。」

「不要再說了，你說得對，本來你就不需要進行說明。」

「沈品柔。」

她重重的嘆了口氣，用力的搖晃著頭，我的頭好痛，失眠與整日的疲倦一湧而上，我無奈的揉著太陽穴，並且用著更無奈的表情望向捧著馬克杯故作鎮定的鄭媛。

所以說人必須謹言慎行，無論立意如何良善，傳遞到另一邊（或者沒有預期的另一邊）時組合起的意義也許截然不同。

我很愛于澄。我確實這麼說了，對著楊婕好，為了澆熄她心中的任何意念，不管是想幫助修復我和于澄的關係或者破壞我和于澄的感情，那是我當下進行的判斷，比起說明我和于澄實際上並非男女關係，這樣的言語更能有效的消弭楊婕好的心思。

理想的狀況是如此。

我沒有預料到，甚至這樣的可能性連一瞬間都沒有竄進我的腦中，我怎麼能夠猜想「沈品柔和鄭媛見面後心血來潮想接我下班，又恰好看見我和楊婕好並肩而行，接著沈品柔扯著鄭媛尾隨我和楊婕好，走了一段路途之後沈品柔認為我和楊婕好應該沒有特殊關係而決定帶著鄭媛上前，在踏進能夠聽見對話的範圍那瞬間，剛好，聽見了『我很愛于澄』這句話，最後，晚半小時回家的沈品柔義憤填膺的質問我同時全然否決我的說明」。

我的頭好痛。

「鄭媛，說話。」

「你這沒人性的傢伙現在用的是什麼命令句？」

「沈品柔，妳回房間去。」

「想滅口嗎？」

「就連八點檔也不會因為這樣就除掉對方，妳不要興風作浪，進去。」

沈品柔瞪了我一眼之後順從的轉身走回房間，坐在沙發上的鄭媛仍舊雙眼死盯著馬克杯內部，明明就只是水而已。

但正當我思索著適當的破口時，先打破僵局的是她。

「抱歉，我只是，只是需要一點時間來消化，我知道你沒有說明的必要，像這樣待在客廳也會造成你的困擾，但我暫時沒辦法思考也沒辦法移動，所以沈墨，雖然有點難但請你不要理會我，等一下我就會自己回家了。」

「妳剛剛到底有沒有聽進去我說的話啊？」

「嗯。」她的聲音沒有特別的起伏，身體像雕像般維持著一模一樣的動作，

「你很愛于澄……」

為什麼還停留在這個階段？

我有種青筋隨時會爆裂的預感，深呼吸，沈墨，你要冷靜，這整間屋子裡就只有你一個是正常的，所以不要跟著崩潰。絕對不要。

「鄭媛，妳先把杯子放下。」

「嗯。」

「妳沒有動。」

「嗯。」

沒有辦法我只好在她身邊坐下，抽走她緊捧著的馬克杯，接著以蠻力將她的身體扳向我的方向，她的頭還是抗拒的撇開，我無奈的嘆了一口氣，這是什麼幼稚又此地無銀三百兩的逃避方式，最後我只好以雙掌固定她的頭。

「看我。」

終於她的視線落到我的臉上，她咬著唇盡可能掩飾她的難過，但她是鄭媛，也就是說她一點也不擅長藏匿感情。

但我什麼時候這麼瞭解鄭媛了？

這不是重點，我也不想追究這件事。

「眼睛閉著也沒用，耳朵沒辦法關起來，所以妳給我聽好，于澄是我的同事，她已經結婚了……不要一臉心疼的樣子，我不是喜歡上有夫之婦，而是我根本沒有喜歡過她。」

「那為什麼……」

「因為妳和沈品柔看見的那個女人喜歡我，她又以為我和于澄在交往，所以我覺得這樣說能夠讓她死心。」

「真的？」

「我為什麼要騙妳？」

鄭媛眨了幾次眼，像是在消化我方才的話語，接著她的臉色忽然一亮，我想她理解了，於是我鬆開壓制著她雙頰的手，卻在下一瞬間反被她緊緊抓住。

「那你為什麼要解釋？」

我微微一愣。

對啊，我為什麼要解釋？

讓鄭媛信以為真，不僅能打消楊婕妤的念頭還能一併讓鄭媛死心，一舉兩得的事為什麼我要如此費勁的說明？

不要笑。

不要笑得一臉燦爛。

我甩開鄭媛的手，猛然站起身，「不要以為有什麼可能性，我還是會拒絕妳，但不是用這種方法。」

「沈墨。」

「做什麼？」

「我好喜歡你。」

我沒聽見。

我什麼都沒聽見。

但剛走進客廳的韓颯聽見了。

「真是讓人害羞的場面。」

「韓颯，不要進來攪和。」

「我知道，這種事只能兩個人做。」

「嗯。」

妳點什麼頭？

用力揉著太陽穴，我想我的青筋大概真的爆了。

「這是約會嗎？」

「不是。」

「真可惜。」

鄭媛愉快的翻著菜單，我喝了一口不太冰的水蜜桃水，認真思索著自己為什麼會坐在這裡、鄭媛的對面。

要不直接問她吧？

不，我不會得到任何有建設性的答案，又喝了一口水，她似乎決定了餐點，抬起頭眨著晶亮的雙眼，唇邊揚起燦爛的微笑。

這次我乾脆灌下整杯水蜜桃水。

「很渴嗎？」

「先點餐吧。」

「好。」

有著稚氣臉龐的服務生面無表情的替我們點完餐之後禮貌性的扯開微笑便轉身離去，鄭媛一臉滿足的凝望著我，我的手不自覺伸向水杯才發現忘了讓服務生替我加水，她把自己的杯子推到我面前，沒有選擇我乾脆的喝下半杯。

有點飽。

但鄭媛還是盯著我瞧，這次我喝光了所有的水。

「不要這樣看我。」

「沈墨，你知道嗎？在我的眼裡你是閃閃發亮的存在喔，所以雙眼就不由自主的膠著在你身上，雖然也告誡過自己不能這樣明目張膽，但仔細想想，不知道什麼時候你會突然對我說『時限到了』，所以還是把握機會多看一點比較好。」

「留下越多記憶越難過。」

「嗯，可能是這樣，小梓也說沒有希望的少碰為妙，但是閃閃發亮的存在很難讓人移開視線啊，我的忍耐力一向非常不足。」

「就算是這樣也要忍，連這種程度都忍耐不了，怎麼忍受得了痛苦？」

「你在擔心我嗎？」

「隨便妳怎麼想。」

「我覺得痛不是需要忍耐的事。」鄭媛輕輕的笑了，「無論多麼幸福的愛裡都必然有著疼痛，這沒有辦法，所以就安靜的感覺就好，承受不了的時候就求助，小梓會安慰我，我弟弟也會借我抱，我媽會煮很多甜湯，慢慢的，就這樣慢慢的，就會不痛了……但是如果忍著不看你的話，終究會有一天，再也看不見你了吧。」

終究會有一天，再也看不見你了吧。

鄭媛的聲音裡混著幾不可察的悵然，我猜想她比我設想的更加堅強也更加頑固，明明是最艱困的路途卻沒有變換方向的打算，縱使我設下擺明不能抵達的城門，對她而言，這條路，因為能夠離我最近，就算充滿棘刺那也不重要。

真是笨蛋。

卻讓人有點捨不得。

不對，我在想些什麼，抬起眼我的目光落在她有些圓潤的鼻尖，著了魔一樣我居然伸出手輕輕拍了她的頭，鄭媛詫異的望著我，事實上，最詫異的應該是我。

「你人真好。」

「這種好跟那種好是不一樣的。」

「嗯，小梓也這樣說，可是我常常會搞混，說不定是蓄意模糊兩者的界線，但好像不能這樣。」她孩子氣的側著頭，「但是，今天能不能讓我當作是我們的約會？」

不行。

想這麼說卻擠不出聲音。

「隨便妳。」

「那我可以牽你的手嗎？」

「不要得寸進尺。」

「品柔說問一下也好，說不定你會說好。」

「不要一臉可惜。」

「好像有點不一樣了呢。」

「什麼不一樣？」

「沈墨。」她長長的睫毛微微的顫動著，「關於沈墨的印象，每一次、每一次都覆蓋上新的顏色和畫面，起先那個有點冷淡、讀不出心思的沈墨，好像逐漸變得溫暖，舉止之間透露的情緒也變多了，有點不一樣，跟我以為的沈墨，雖然一開始就知道你是暖呼呼的存在，但還是不太一樣。」

「失望了嗎？」

「沒有。」她搖了搖頭，「我本來就沒有對你有關於這方面的設想，因為是近似於一見鍾情的狀況，所以每次見面我都仔細的蒐集關於你的線索，讓我心底的沈墨越來越立體也越來越完整，所以無論你是往冷淡的方向偏移，或是像現在一樣越加溫暖，對我而言沒有太大的不同，因為，這些都是沈墨。」

「鄭媛。」

「嗯？」

我一定是神智不清。絕對是。

將身子探前我的唇輕輕貼上她的，她總是閃亮的雙眼顯得有些迷濛，不知所措的望著我，她下意識的撫摸著唇，雙眼沒有移動的盯望著我。

然而我沒有給她任何說明，甚至對我自身也沒有。

鄭媛沒有追問，盡可能鎮定的進行著晚餐，但我知道她的感情正劇烈的動搖，不久前才說過要把握機會多看我的她，一整個晚上都沒有望向我。

「不要送我回家。」

「為什麼？」

「因為我怕我會追問。」

「那妳搭公車吧，雖然不遠，但還是暗巷。」

「嗯。」

踏上公車之後她才終於將視線投注於我，側著頭像在思索些什麼，手不經意捏著紅潤的唇，接著公車緩緩駛離，我站在原地目送著巨大的車體。

我不知道，大多數我的動作都是經過思索與判斷才會採取，但在鄭媛身旁，這些思慮卻彷彿被無視一樣。

在我能夠察覺之前就已經醞釀的某些什麼，實在，太過危險了一點了。

更危險的是沈品柔。

一踏進門就迎上她曖昧的挑眼，想避開她卻沒有辦法，她斜倚在玄關牆邊，大概是一聽見轉動鑰匙的聲響就進行預備，沒有其他路徑我只能停在她面前。

「嘴巴說不要，身體倒是很誠實嘛。」

無論如何先否認再說。

沈品柔極為擅長以模糊曖昧的話語來套話，擺出她什麼都知道的表情，事實上她什麼都不知道；雖然不能排除鄭媛和她通過電話的可能，但不能做這種假設，總之絕對不能讓表情有一絲的動搖。

「不知道妳在說什麼。」

「今天晚上和鄭媛的約會，挺不錯的吧。」

「就只是吃飯。」

「只是吃飯……」她曖昧的拖長尾音，勾起我對那短暫而失控的吻的回想，鎮定，不能有任何動搖。「我們家墨墨跟鄭媛進展真快。」

「就只是吃飯。」

「我不相信。」

「有什麼好不相信的？」

「真是。」沈品柔無聊的嘖了一聲，我稍微鬆了一口氣，看樣子她的確什麼都不知道，「孤男寡女一起晚餐，就只是吃飯不會太浪費了一點嗎？」

「妳到底有什麼想像？」

「墨墨你真的想知道嗎？」

「不想。收起妳猥瑣的笑容。」

「我覺得鄭媛不錯啊，直率、爽朗、好相處，而且又長得漂亮。」

「優點多跟喜不喜歡是兩回事。」

「我當然知道，所以才需要我的幫忙啊。」

「不需要。」

「而且墨墨你對人家也有意思吧，不然你才不會隨便跟女人單獨吃飯。」

瞄了她一眼我不想繼續話題，我明白這是迴避，但我有一種尾巴被踩住的感覺，這時候非常危險，不只是沈品柔，我自身也非常危險，所有的情境裡頭，曖昧不明是最最危險的一個。

我一向都會採取斷然揮去曖昧的動作，大多時候會成功，然而也有某些時刻，特別是思緒呈現一片混沌之際，任何的移動都有可能導致往後無以收拾的局面；陷於此種況境之下的人即便耗盡氣力也觸碰不到所謂的正確，不管是情感正確或者政治正確，因此不要輕舉妄動是最終的判斷。

在某些時刻迴避是必須的。

「我去洗澡。」

「你在逃避嗎？」

「對。」

「天啊，這麼乾脆？」

趁沈品柔訝異的縫隙我迅速走進房間並且將門鎖上，她回過神後開始敲擊著門板，我走進浴室擋住她的鬼吼鬼叫，她大概會打電話給鄭媛，但她總會這麼做的。

無論如何我需要冰涼的冷水澡。

旋開水龍頭讓冷水狠狠刷打在我裸露的肌膚，我不自覺的打顫，但思緒確實冷靜了不少；儘管我盡可能維持著淡漠的表情，但正因為我的情緒並非如此平穩才需要這種努力。

究竟我為什麼會突然吻了鄭媛？

不知道。

我不想知道。

並非逃避鄭媛而是迴避我自己。

我總有種預感，一旦正面迎向鄭媛的感情，就沒有脫身的可能，她並不是會拉扯的類型，而是鄭媛給的愛太過純粹。

這跟她無關，而是我不確定自己已經做好如此的預備。

鄭媛沒有其他的索求，然而這本身便是最大的索求，站在她對面的那個人沒有搪塞的餘地，給或者不給，如此簡單卻異常艱難。

我們總是習慣以溫柔，以物質，以言語，以任何可能的什麼來填補自己無法給足的感情，或許不願意全盤托出的真心，當然無法全然彌補兩人之間的落差，但無數的努力不僅可以說服自己也能讓對方得到安慰；然而身處其中的兩個人，其實比誰都更加清楚，總有一天會走到銜接不上的斷口。

於是我們終於明白，那些所謂的努力與試圖，那些曾經舒緩感情缺口的動作，事實上，才是對彼此最深切的鞭笞。

因為那正是兩人之間存在無以跨越屬於愛的落差的證明。

關起水，喧囂的浴室忽然一片沉默。

踏出浴室後我聽見簡訊的聲音，隨手拿起手機螢幕顯示有六則未讀訊息，其中五則是放棄野蠻而轉向文明的沈品柔，沒有讀的必要，最後一則是鄭媛。

「我會當作什麼都沒發生，不然我的腦袋一定會爆炸，所以沈墨，什麼都沒發生過喔。」

我讀了兩次訊息才終於理解鄭媛的話意。

——我會當作什麼都沒發生過。

為什麼，明明對我來說是輕鬆的處理方式，我卻有一種被打臉的感覺？

煩躁的將手機扔回床上，拿起浴巾用力的擦著頭髮，真讓人鬱悶，這女人，八成是意圖擾亂我平穩的日常。

「墨墨——」

我猛然拉開門，沈品柔有點無辜，但她也不是那麼無辜。

「不要吵。」

「心情不好嗎？」

我再度猛力甩上門，冷靜，沈墨你要冷靜，但鄭媛雲淡風輕的淺笑卻彷彿立體影像一般顯示在我面前，我會當作什麼都沒有發生，很好，沒有發生就沒有發生。

什麼都不要發生最好。

「你最近比較情緒化。」

「沒有。」

「好吧，你說沒有就沒有，我也不是很想激怒你。」

「妳到底想表達什麼？」

「怕你哭啊。」沈品柔伸出手捏了我右邊臉頰，「不過你可以跟鄭媛抱著一起哭也好。」

「沈品柔。」

「我要離開台灣一段時間，也不能一直霸佔你的生活空間，何況還有鄭媛，當然你會說沒有關係，鄭媛也一定會說不要我離開，但有些時候，無論是多麼珍愛的人，都有顯得多餘的時候，同理可證，我暫時也不想搬回家。」她說，瀟灑的笑著，「反正我一直想放個長假，當作轉換心情，說不定會有意外的邂逅。」

「什麼時候走？」

「今天下午。」

「什麼？」

「正確的來說，半個小時後就要搭車到機場。」沈品柔拍拍我的肩膀，「你知道我一向都是這樣，不過基於我對墨墨的愛，鄭媛待會兒會陪我去機場，接著她會陪你回家，墨墨，要好好謝謝人家。」

「妳——」

門鈴的機械音打斷了我的話語，她聳了聳肩彷彿十分感激如此的中斷，她知道我將會說些什麼，儘管我和她的感情相當深厚並且親暱，但甚少化作言語，她大概是不想面對某些因溫暖而生的困窘。

我愛墨墨，墨墨也愛我，彼此知道就好，何必說那麼多話。

沈品柔曾經這樣豪邁的發出宣言，但我知道，她只是不習慣隨之而來的害羞，畢竟那不是沈品柔擅長的領域。

「品柔——」

她才剛拉開門，便一把被鄭媛攬住，門外的女人大概沿途醞釀著不捨的感情，她拍了拍鄭媛的背，接著鄭媛吸了吸鼻子，我以為她會試圖挽留沈品柔，但她沒有。

「回來之後我們再一起吃飯。」

「嗯，不過最好是我一打開墨墨家門就能看見妳。」

「我會努力。」

鄭媛隨意的抹去落下的淚水，兩個女人站在玄關相視而笑，我的目光落在鄭媛略微泛紅的臉龐，她笑著，帶著堅毅卻又混著孩子氣，那一瞬間，我突然，覺得眼前的女人很美。

我在想什麼？

拉回視線同時轉回身子，錯覺，這一定是錯覺，何況我身旁的每個人都說鄭媛屬於漂亮的類型，那麼就當作我的美醜辨識能力稍微提升了一點，沒錯，這是客觀的，不帶任何私人感情的感想。

「墨墨，提行李。」

沈品柔用腳踢了踢我，抬起頭卻不巧的筆直迎上鄭媛晶瑩剔透的雙眼，水氣還沒全部消散，讓她的視線更加閃閃發亮。

這女人比我設想的還要危險。

站起身拿起沈品柔從房間推出的行李箱，跟在兩個關係融洽的女人身後，與我有關以及與我無關的話題來回竄入我的耳朵，鄭媛紮起的馬尾輕輕晃動，我無奈的嘆了一口氣，我實在很不喜歡沒辦法被理智控制的自己。

但在將行李塞進後車廂的那一刻，我終於意識到堵在自己胸口的悶滯感覺並非源於不受控制的自己，而是，我糾結著鄭媛那天夜裡的話語。

——我會當作什麼都沒發生。

我猛力將後車廂關上，伴隨著巨大聲響的震動晃蕩著周旁的空氣，該死的，原來她不是為了緩解尷尬或者設下台階，看看她無關緊要的表情，果然是言行一致的類型。

沉默的我發動車子，兩個女人彷彿將我當作司機一般徹底無視，隨著斷斷續續的對話，我的理智一點一滴被瓦解，原來從那天之後她沒有出現的原因只是因為工作忙碌，中途甚至拿出到上海出差買回來的紀念品送給沈品柔。

也替小梓買了一個喔。她輕輕軟軟的聲音像刺一般扎著我的耳朵。不過時間不夠就只有買給妳們而已，不過我弟有東西吃就很滿意了。

我為什麼要在意？

什麼出差什麼紀念品的，跟我一點關係也沒有，對，這女人跟我一點關係也沒有，所以不知道她去出差甚至離開過台灣三天本來就很正常，完完全全不必在意。

「沈墨。」

「做什麼？」

「綠燈了喔。」

不要理她，我不要理她。

微微施力踩了油門，就算妳繼續搭話我也不會理妳。

但她沒有，又繼續回到和沈品柔的話題裡，這樣最好，不要煩我最好，都不要跟我講話更好。

該死的。

「我該進去了。」

「路上小心，很小心的那種小心喔。」

「太過小心翼翼會浪費掉很多可能性，不過不用擔心，我會好好照顧自己。」

「嗯。」

鄭媛用力的給了沈品柔一個擁抱，抬起頭望了我一眼，沒有任何言語但她向沈品柔說了再見之後默默的後退，將空間留給我。

「雖然看起來很衝動，但其實是很細膩的類型呢。」

「我不知道。」

「沈墨，你都知道，只要稍微將目光投注在她身上就會知道的事情，沒有理由你看不見，你只是不願意看見而已。」沈品柔聳了聳肩，「但那與我無關，不管我的意向如何，事實上就是與我無關，雖然不是主因但離開的理由一部分是因為這樣，怕自己會不自覺的插手，雖然已經踏進去攪和很多次了，但那只是開端，其實滿無關緊要的，你不願意就不會走到這種程度，但到了必須下決定的交叉路口，沒辦法替你們負責的人都不應該說話，但人控制不了說話的衝動或是慾望，所以還是暫時走遠一點比較好。不管回來看見的是什麼樣的畫面，只要是墨墨的決定，都好。」

我和她安靜而輕緩的擁抱。

「小心一點。」

「不要一臉凝重，笑一個。」

於是我笑了。

沈品柔也揚起燦爛的笑容，以誇張的動作朝不遠處的鄭媛用力的揮手，接著退後兩步毫不猶豫的轉身，其實也沒什麼需要猶豫的，她知道回來之後我依然會在，她珍愛的人也都會在。

甚至，無論我和鄭媛選擇了相同或者不同的分岔，鄭媛也不會捨棄她。

最後她的身影消失在我的視野之內，而鄭媛無聲的來到我身旁，沒有驚擾而是安靜的陪伴，陪著我凝望早已沒有沈品柔的前方。

「走吧。」

「我想看飛機。」

瞄了她一眼，鄭媛的臉上掛著輕淺的笑容，因為來到機場了啊，她這樣輕快的說著，但我想，她只是想更加徹底的和沈品柔道別。

然而走了一段路之後她卻突然改變心意，「回家吧。」

「為什麼？」

「我怕我會哭，不對，是我一定會哭，所以在那之前——」

「有什麼不能在我面前哭的理由嗎？」

她微微愣了一下。

「因為這樣會讓你覺得困擾……」

「讓我困擾的事情已經夠多了，不差這一件。」

「沈墨。」

「做什麼？」

「現在的你，會讓我有所期待。」

「這樣不好嗎？」

鄭媛抬起眼安靜而仔細的凝望著我，彷彿試著辨識我的話意，那問號尾端若有似無的延伸；我和她站在大廳中央，喧囂的人聲不間斷的竄進我的意識，卻無從辨認那零碎的意義與意義。

最後，一顆晶瑩的淚珠從她的左眼滑落。

「我想吃冰淇淋。」

「現在？」

「嗯，草莓口味的。」

忽然間我有些無法理解她的思緒，但既然她想吃冰淇淋就先替她找到冰淇淋吧。

我拉起她的手，循著略顯雜亂的指示行走，思索著機場裡的販賣區究竟會不會有草莓口味的冰淇淋，同時也試圖忽視從掌心傳遞而來的、屬於她的溫度。

鄭媛開心的挖著紙盒裡的顯得過硬的冰淇淋，商店沒有草莓口味，她仍舊開心的選了香草口味，坐在椅子上如同小女孩一般愉快而過度專注的吃著。

我不懂。

甚至連理解的邊都沒辦法觸碰。

于澄說，試圖瞭解女人是相當值得讚許的意念，但不要妄想得到任何結果，人本來就無法完全理解另一個人，遑論是一個男人想理解一個女人。

我喝了一口苦味稍重的冰美式。

「吃嗎？」

「不要。」

「沈墨。」

「做什麼？」

「我媽說過，她第一次和我爸約會就是去吃冰淇淋，所以從很小的時候開始，我就希望自己能跟喜歡的人一起吃冰淇淋。」

「以前交往過的男朋友呢？」

「嗯，常常一起吃冰淇淋，交往的時候覺得會長長久久的這樣下去，但還是分手了。」她淡然的笑著，眼前的鄭媛又展現出我從未看見過的樣貌，「其實我也只和他交往過而已，五年，從大學時代開始，你也知道，喜歡一個人我就會完全的認定，就算分手了也沒有想過那五年是浪費，因為是真的愛過啊，不過覺得有點可惜是真的。」

不知道為什麼，我突然有點在意。

也許是她曾經的感情，又也許是她曾經愛過的男人。

「為什麼分手？」

「嗯，好像有點難說明，直觀的結果是他的出軌，雖然我很愛他，但還是不能接受這件事，小梓很生氣呢，氣到用背包狠狠揍了他一頓，小梓把他趕走之後好像兩個人就理所當然的結束了交往關係；小梓不知道，那之後我和他見過一次面，因為我很困惑，不知道為什麼會演變成這種狀況……」她隱約的嘆了一口氣，「他說，他還是很愛我，也沒有多喜歡那一個女孩子，不過沒辦法說謊，他擁抱那個女孩子的原因是因為我。」

「我喜歡上一個人就會完完全全的信任對方，給出自己的愛，他說，在我的愛裡他覺得喘不過氣，不是因為我有多愛他，而是他發現我會包容他的全部，雖然不知道為什麼，但他很害怕，他開始感覺自己做不到我做的那麼多，而他最害怕的是我甚至沒有想要求些什麼，老實說我以前都不覺得這是問題，但他離開前對我說的一句話，確實讓我調整了我的所有舉動。」

她說。

「他對我說，人會被純粹的愛吸引，非常強烈的吸引，但擁有了之後才發現自己給不出對等的純粹，所以會開始感覺自己卑劣，對方越沒有懷疑，自己就越想傷害對方，越愛對方就越想狠狠的傷害對方，因為，想讓對方跌落到和自己一樣的位置，這樣，自己才有擁抱對方的資格。」

不知道為什麼，我居然能夠理解那個男人的想法。

鄭媛舀起冰淇淋送進口中，像是述說完一段故事一般沒有特別的波動，但我稍微明白她偶爾顯現的、與她性格不符的小心翼翼的起點。

為了不讓對方感到負擔，因而費力的拿捏適當的平衡，被無視也沒有關係，只要不傷害到對方就好。

也許那男人終究讓她明白了，愛才是真正傷人的存在。

然而沒有疼痛，或許就無法具切的感受到愛。

「最後一口留給我吧。」

「嗯。」

鄭媛將最後一口冰淇淋舀到我的面前，如往常一般帶著甜甜的淺笑，而那之中揉合著她的想望，雖然能夠清楚看見，卻彷彿隔著一段距離。

她不讓自己過於靠近對方，因為害怕自己的愛成為一種壓迫，卻同時，讓她面前的人無法給她所謂的安慰。真正到達心底的那一種。

我吞嚥下十分甜膩的冰淇淋，她踩著輕快的腳步將紙盒扔進不遠處的垃圾桶，最後愉快的回到我面前，在她坐下之前我先她一步站了起來。

「要走了嗎？」

她問。我沒有回答她。而是伸手將她拉進懷裡。

鄭媛沒有發問的將頭輕靠在我胸前，我已經沒有辦法預想什麼了，只是突然覺得心疼，非常的心疼，可能，需要擁抱的並不是鄭媛，而是我自己。

她緩緩的環抱住我。

說。

「沈墨暖呼呼的呢。」

我沒有送鄭媛回家。

還沒有。

我甚至沒有打破她將此視為約會的想法。

鄭媛非常愉快的晃著腦袋，毫不扭捏的便在草地上坐下，這裡也看得到飛機起飛，很吵，但因為沒有人試圖說話所以無關緊要。

凝望著她美好的側臉，我給了她期望，我知道。

帶著一半不由自主但同時有一半是我的意念，事到如此已經沒有辦法否認我的動搖，我還不清楚到什麼程度，但可以確定的是，鄭媛已經靠得比我預想的更近了。

然而我卻下意識的抵抗，想趨近、想揮開，兩種強烈的念頭相互拉扯相互拮抗，對於她前男友的理解我感到隱約的害怕，可能，我也會是相同的男人。

她沒有錯，她只是以她的方式給出她的愛，最後卻彷彿罪人一樣被狠狠鞭笞。

人是卑劣的，為了保全自己，即便是自己深愛的對方，也依然能夠毫不留情的傷害；又或者，更因為深深愛著才不得不傷害對方，我們知道，這才是讓自己最痛的方式。

並且，也是讓自己得不到救贖的方式。

我在鄭媛身旁坐下，兩個人之間隔著難以說明的空白，兩個掌心的距離，遠得不會不小心觸碰到對方，卻又近得只要彼此都放上自己的掌心就能抵達。

所謂的距離，抽離了物理性，便是誰也無法丈量的概念。

「品柔已經飛離地面很久了吧。」

「嗯。」

「我一直覺得每個人都是這樣，離地面有一段距離，漂浮著，所以才時時刻刻都尋求著支撐，同時設法找出讓自己得以落地的方法。可能，這之中最容易的就是愛，但也可能是一種假象，我不知道，小梓說，這世界上並不存在著能夠讓自己落地的人，有的只是投射而已，真正能夠讓自己降落的也只有自己而已。」

「小梓說。」我側過頭望向她，鄭媛也同樣將目光投注在我的臉上，「那麼妳覺得呢？」

她溫柔卻輕盈的笑了。

「一直漂浮著也沒有什麼不好啊，輕飄飄的，雖然有點不安，但正因為不安才能更加深切的感受到對方帶給自己的安心；雖然這麼說好像有點壞心，但只要像這樣飄著，對方就會緊緊抓住自己吧。雖然大家都說我給出感情卻又不要求什麼，但其實不是，我覺得我比大多數人更貪心又更加過分一點，我不是不想要，而是，想要的是對方自己願意給我的，無論是什麼。」

「不管是什麼都好嗎？」

「嗯，因為是對方想給我的，就算是會讓自己痛苦的，也還是對方的真心，大概我想要的就是毫不掩飾的真心，如果感覺到對方的惡意，那離開就好。不過這可能才是最難的部分，所謂的真心究竟是什麼，也不是容易被釐清的。」

她眨了幾次眼。

風有些強勁的撫動她的頭髮，整齊紮好的馬尾變得有些凌亂，我伸手扯下她的藍色髮帶，髮絲散開的瞬間她有些詫異的看向我。

接著，我吻了她。

「這是沈墨的真心嗎？」

她的聲音在被風聲吞食之前傳遞到了我的耳畔，我的手還抓著她的髮帶，這是沈墨的真心嗎？不只是鄭媛，我也反覆問著自己。問著沈墨。

我輕輕撥開落在她臉上的頭髮，我沒有辦法回答，於是我傾身擁抱住她，其實我不明白這算不算是一種答案，但鄭媛的答案打從一開始就擺在我的面前。

「鄭媛。」

「嗯。」

「我不知道。」我淡淡的嘆了一口氣，她應該沒有聽見，我卻有種連這聲輕嘆也送進她心底的強烈感受。「我也是屬於不能清楚明白自己真心的那種人。」

「沈墨，」她的嗓音比平常更加輕緩，「我能感覺到你的猶豫，對我而言，這就是你的真心，所以我感到非常感激。」

「我可能會傷害妳。」

「可能我也會，不管是傷害你或是傷害自己，不能說沒有關係，但如果當作是一種為了趨近愛的必然，那麼，就連疼痛也會覺得非常幸福呢。」

「真不知道妳的腦袋都在想些什麼。」

「最近想的都是沈墨喔。」

「鄭媛。」

「嗯？」

「不要說話。」

「品柔說你只要害羞就會要人不要說話——」

拉開身子我又傾前將唇貼上她的，她的手有些不知所措的抓著我的衣服，鬆開她，我深深的注視著她，「就叫妳不要說話了。」

鄭媛咬著嘴唇，緩緩將頭靠在我胸前，發出文弱的聲音。

「嗯，不說話了，這樣下去我的心臟會壞掉。」

09

如同彼此確認過行程表一樣，沈品柔離開才第三天，程維農就高調的宣布自己的回歸，並且半強迫性的要我和韓颯替他舉辦歡迎會；當然為了避免他引起更大的麻煩，韓颯當機立斷叫了披薩外送，程維農有些埋怨但在韓颯替他倒了可樂之後他便愉快的拋出大量的話語。

簡直像是要把這段期間沒說到的話一口氣說完一樣。

「令翔一直說『沈墨老師超帥的』，讓我一直覺得很鬱悶。」

「就算不說沈墨帥，也不會提升你的形象，所以沒有必要作多餘的鬱悶。」

「問題就是我還是鬱悶了啊，所以要把帳算在沈墨頭上。」維農相當幼稚的搶走我剛拿起的披薩，「不過，令翔說你一直沒見到小媛啊。」

小媛。

果然是鄭媛嗎？

我只好曖昧不明的應了聲。

韓颯瞄了我一眼，似乎不打算參與，端起桌上的紙杯，但嘴角微微勾起的弧度藏不住他的惡趣味。大概他向維農渲染了某些什麼，我無奈的嘆了口氣，決定依然採取一貫的「什麼事都沒有」策略，來防堵維農總是過度發揮的感情。

「真可惜，本來想讓你知道我們家小媛有多可愛的。」

我們家小媛。

這五個字真是刺耳。

「什麼時候又是你們家了？」

在我察覺之前某種情緒性已經混進我的話語之中，維農沒有感覺到任何異狀，我沒有抬眼望向韓颯的意思；人都是從極其微小的地方開始動搖，甚至崩塌。

那麼，在我心底塌陷的究竟是些什麼？

「我從小陪她一起長大，當然算是我們家的啊。」維農興致高昂的說著，「不過沒見到更好，避免你陷入她的魅力，我才不想跟沈墨爭奪同一個女人。」

爭奪。

我的身體微微一顫。

瞄了韓颯一眼，他似乎也沒有預期到維農的話語，他隱約搖了頭，示意他並沒有向維農提起鄭媛的事。

「聽不懂你的意思。」

「無所謂。」維農把手中大約三分之一塊的披薩一口氣塞進嘴裡，以含糊不明的方式勉強的說著話，「反正你不要染指我們家小媛就好。」

「把話說清楚。」

他把嘴裡的食物全數吞下之後又重複了一次。非常清晰的。

「我不是說這種清楚，什麼叫『染指』？你跟她又是什麼關係？」

維農沒有立即回答我而是轉向韓颯，「我不在的這兩個月發生什麼事了嗎？這傢伙，以前說話就這麼有人性嗎？」

韓颯不予置評的聳了肩。

「小媛的爸爸是我的高中老師，雖然不是導師但非常照顧我，他生病過世那年令翔才剛升國一，雖然是很乖的孩子，但畢竟是特別敏感的時期，而且小媛也才高一，都是在很需要關心的時期；我也沒有想太多，只覺得大學生應該稱得上大人吧，加上學校離他們家也不遠，就以家教的名義偶爾陪陪令翔，所以說，我呢，還是能夠算得上『家長』吧。」

我沉默的拿起紙杯，退冰的可樂顯得異常甜膩，我不自覺皺起眉，回想起總是掛著甜笑的鄭媛以及天真的鄭令翔，也許，這樣的純淨透明某種程度是憑藉著維農的支撐。我不知道，對於鄭媛的一切我幾乎什麼也不知道。

「所以現在是以監護人的身分警告沈墨嗎？」

監護人。我的頭隱約的抽痛。

我平靜無波的日常往後掀起的大概不只是漣漪，而是巨浪。

「嗯……這有點複雜，再怎麼說，其實，我跟小媛一點血緣關係都沒有。」

他吃吃笑了出來，讓人感覺有些不安的、帶有過大解讀空間的那種笑，「對於這一點，我覺得非常好。」

韓颯的眼底讀不出任何感情或者想法，他玩弄著手中的紙杯，像是在沉吟些什麼，全然沒有感受到周旁異樣空氣的維農歡快的挑選著眼前的食物，他像是局外人一樣，但他從來就在裡頭。

或者，他比誰都還早就待在那中央。

「你喜歡她嗎？」

韓颯毫不修飾的問句筆直拋了出來。

我想，不是想探知維農的感情，而是替我劃開那藏匿於幽微之中的揣想。

維農曖昧的笑了。

「才不要告訴你們呢。」

維農很早就睡了。

似乎是在表哥家養成了良好作息，可能幾天內就會恢復他無序的生活模式，但此刻客廳只剩下我和韓颯。

「直截了當的問吧。」

我瞥了韓颯一眼，比起特意維持淡漠的我，臉上始終掛著親切淺笑的韓颯才是最冷淡甚至接近無情的類型。

人的感情非常有限，所以我不想浪費在無關緊要的人身上，他說過，這也是一種保全自身的方法，無論多麼微薄，只要是給出的感情都有可能反噬自己，柔軟的愛在特定的瞬間會成為世上最堅硬而銳利的刀刃，他不想受這種微小卻令人困擾的傷，他寧可將大量的愛給予特定的人。

這近似於一種賭注。他說。我賭，賭那個人不會傷害我。

韓颯的行為在我眼底幾乎是一種瘋狂，他知道，最明白的只會是他，一旦下錯注，不是慘賠或者破產這麼簡單的事，而是必須付出一刀斃命的代價。

然而這樣的韓颯對於感情總是有著無比銳利的眼光，沒有隱藏或者掩飾的必要，不僅因為沒有用處，更是由於他並不在意。

我不自覺斂下眼。

「問他還是問鄭媛？」

「這在於你想得到什麼答案，又或者，你心底放著什麼樣的答案。」

我感到非常混亂。

鄭媛的答案早已擺放在我面前，然而我心底的位置究竟要放進「鄭媛的心意」或者「維農的感情」？

我非常不喜歡這種模糊並且搖擺不定的況境。

望了韓颯一眼，我乾脆的起身走向維農的臥室，他沒有鎖門的習慣，於是我敲了兩下門便逕自打開門走進房間，按下電燈開關後看見的是一臉惺忪又困惑的神情；他有些掙扎的坐起身，而我拉開他書桌旁的椅子安靜的坐下。

「發生什麼事了嗎？」

「有些話想問你。」

「重要到這種程度？」

我想我的神色非常沉重，但才經過輕快的歡迎會，維農似乎還是當作是我和韓颯合謀的惡作劇，他終於清醒的將注意力放在我身上，臉上依然是興味盎然。

「你，喜歡鄭媛嗎？」

「就為了這個？」他不自覺笑了出來，「我不知道你跟韓颯這麼關心我的感情生活。」

「沒有韓颯，只有我。」

彷彿從這瞬間他終於意識到現狀，他斂下愉快的笑容，臉色顯得有些緊繃。

我的話意之中，某些什麼已經過於明顯。

「你跟小媛發生什麼了嗎？」

「我先問你的。」

「沈墨，這跟誰先發問沒有關係，回答我，你，跟鄭媛，發生什麼了嗎？」

「什麼都沒有發生。」我說，「還沒有。」

還沒有。

他以不可置信的目光緊緊盯視著我，試圖在我繃緊的神情之中找出任何的破綻。但沒有。因為這不是玩笑也不是惡作劇。

「出去。」

「程維農。」

「沈墨，我叫你出去。」

維農的身上散發著濃烈的抗拒，我深深的注視著他，我猜想，這或許已經是太過明顯的回答；我將聲音全數吞嚥而下，緩慢的站起身，他不看我，以已經十分刻意的方式不看我。

我只能離開。

鄭媛昨天打了三通電話。

我沒有接也沒有掛斷，就這樣聽著長長的響鈴迴盪在狹小的空間，或者撞擊在我的意識內部。

她非常的細膩，比所有人能設想的都更加細膩，第一通電話和第二通電話之間隔了十分鐘，接著隔了五個小時打來第三通；我的休息時間非常規律，縱使是特別忙碌的日子，也不會在午休與下班後都沒有空隙回撥電話，甚至連一封說明的簡訊也沒有。

我想她非常困惑，明明我才像認可一般縮短了彼此的距離，卻又毫無解釋的阻絕她的趨近；無論從哪個角度我都感覺自己極其卑劣，但我不知從何說明，我甚至對於她和維農的關係連底都沒有。

任何的輕舉妄動都可能毀壞她和維農的關係，或者我和維農的關係，又或，我和她的關係。

「被楊婕妤甩了所以臉色如土嗎？」

「我等一下就把資料寄給廠商。」

「沈墨。」

「妳很閒嗎？」

「有一點。」于澄像是特意來踩地雷一樣，將椅子拉到我面前坐下，「最近楊婕妤的目標轉向新來的副教授，所以我突然非常的無聊，不是有沒有事情做的那種，是心理層面少了某種緊張感，也就是說，有點空虛。」

「我不是能夠填補妳空虛的人。」

某個研究生在這句話的前半推開了門，尷尬的呆站在原地，不自覺聽完整段話之後像闖禍一樣自以為輕巧的後退，門被他拙劣的偽裝弄出非常刺耳的聲響。

我的心情鬱悶到一種難以說明的程度，而眼前的這個女人正是嗅聞到這一點才愉快的浪費時間在我身上。

「我說了，我現在很空虛，空虛到隨便你跟我說什麼我都會盡可能聽進去。」

「妳現在是在發揮同事的關愛嗎？」

「這樣還不夠迂迴嗎？」

「妳的表情充滿惡趣味。」

「嗯哼，我沒辦法否認這一點，不過呢，有種某種程度的關心作為基礎，才會衍生出所謂的趣味，而且我喜歡理性的對話，非常顯然，你現在喪失理性開始掏心掏肺的可能性有點高，我還是想避免這一點。」

電話響了。

鄭媛。

從昨天的第二通電話開始于澄便乾脆的放棄要我接起電話的念頭，很吵，我知道，但我不想讓鄭媛感受到那斷然的中止。

于澄瞪了我一眼。

出乎意料的她伸手拿起手機，在我能夠阻止她之前，她就接起了電話。

「喂，我是沈墨的同事，他現在腦袋有點問題，我可以替他轉達。」

鄭媛的聲音從電話另一端透了出來，像是混著機械聲的雜音，但從那零碎之中我卻清楚的感知到她是鄭媛。

我可能已經傷害到的鄭媛。

「他沒事，至少我看起來完好無缺，嗯，我會轉告他，不客氣。」

明快的結束電話之後于澄把手機丟回給我，非常不贊同的嘖了一聲，她非常討厭這種不乾不脆的態度，特別是讓另外一個人的感情懸著，對于澄來說，這等同於該死。

我是該死。

「她說了什麼？」

「說你是個大爛人。」

「我是。但她不會這麼說。」

「她只是擔心你出了什麼意外，聽到你沒事她就放心了，她說，她會把七天當作期限，給她自己的期限。」于澄瞄了我一眼，「我沒有細問，反正你看起來像是懂了。」

鄭媛總是這麼的寬容。

沒有回答也沒關係，她讓自己等候七天，等到期限來臨的時候，她便會把我的沒有回答當作回答。

為什麼要為我留下這麼多的餘地？

「于澄。」

「我現在不想聽了。」

「但是妳耳朵關不起來。」

「我不知道你這麼卑鄙。」

「現在妳知道了。」

10

「總之就是朋友跟喜歡的女人之間的取捨嘛。」

「妳覺得很簡單嗎？」

「是很簡單，但你知道，愛情最弔詭的一件事就是，越是讓人感覺簡單明快的事，卻是麻煩棘手。」

「妳可以擺出稍微有同理心一點的表情嗎？」

「我以為你不在乎。」

「很刺眼。」

「那你不要看我。」

于澄很沒有同情心的笑了，不要計較那麼多，她肯坐在對面聽完整段話就已經超出我的預期了。

她拿起攪拌棒毫不留情的把拿鐵上精緻的拉花給攪亂，我討厭長得漂亮的男人做出來的漂亮拉花，讓人心情煩躁，我記得她剛剛這麼對送上咖啡的男人說。

我喝了一口冰涼的水。

「你比誰都還要清楚，所謂的感情，無論是愛情或是友情，擁有決定權的都只是身處其中的人，沒有所謂的標準答案，只有你認為想得到的答案。」

「于澄。」

「做什麼？」

「在妳的愛情裡，從來沒有感覺過混亂嗎？」

「沒有。」她聳了聳肩，「我是想明快的這樣回答，但不是，雖然大多時候能夠用理智來控制行動，但另一端的人會覺得特別無情，這樣的落差或者是不被理解事實上也是一種混亂，為什麼你不能理解呢，我這邊這樣想，對方那邊也這樣想，誰都沒有錯，愛情裡甚至沒有對錯的概念，我討厭這一點，因為沒有一個明確的路徑可以導向標準的、或者合理的解答，無序的狀態非常的麻煩。」

「但妳還是給了承諾。」

「你是說結婚？」于澄輕輕扯了唇角，「跟你想的不一樣，也不能說完全不一樣，他能夠瞭解我的想法，當然不是全部，但他願意接受『于澄』這個存在，對我而言這才是最重要的一點，甚至比愛的本身更加重要。當然，也是有不堪回首的過程，可以說是我整個人生中經歷過的、最混亂的一段過程，我還是很討厭混亂的感情，但那是不可避免的。」

于澄說。

「沈墨，在那樣的混亂之中，必然藏匿著所謂的核心，有些時候反而是為了掩飾過於強烈的核心，而故意讓現狀變得混亂。不只是你，我想你的朋友也是，但是你們兩個在我看來都是自我意識過度膨脹。」

「為什麼？」

「所以說男人腦袋都不是多好。」

「我不會反駁。」

「非常好。」她愉快的點了頭，「從頭到尾的選擇權都在那個女人手裡，雖然在你看來很明確的就是她喜歡你，但那又怎麼樣？你跟她交往或者不交往，都不能保證你跟你朋友的關係，甚至你本人的態度也沒有辦法，具有最大影響力的，壓根就只有她而已了。」

「可以說清楚一點嗎？」

「真傷心，沈墨不是很聰明嗎？」

「不是在這個地方聰明。」很好，她擺明不滿意我的回答，沈墨，能屈能伸，「我很笨。」

「嗯。」不要理會于澄乾脆的點頭，我什麼都沒看見。「她和你朋友有著非常深厚的關係，不可能說斷就斷，我猜，她大概不知道你朋友的感情，為了維持現狀，沒有把握就不要採取行動才是最合理的。也就是說呢，只要她認為你能帶給她幸福，你朋友咬著牙也得吞進去，之後隨著時間再慢慢解開你們兩個的心結就好，反正男人，等遇到下個女人就好；但是，如果你辜負她，百分之百你跟你朋友會決裂，依照目前的狀況，其實你滿接近辜負人家的狀態了。」

這次我聽出于澄的話意了。

「照妳的說法，我沒有選擇了。」

「你還想要什麼選擇？」她啜飲了一口拿鐵，「不過你運氣滿不好的，就像碰了大哥的女兒那樣，跑了就準備被滅口。」

「不到那種程度。」

「啊，好吧，沈助理的執行速度實在有待商榷。」

「不要有奇怪的想像。」

「成年人就會有成年的想像。」她愉快的笑了出來，「真害羞。」

為什麼店長要選在這個時候來加水？

他沉靜的替空杯加滿水，離去之前視線不經意滑過我的臉，于澄似乎沒有放過我的意思，對著像是熟識的店長輕快的說：「他是我的外遇對象。」

他笑了。

到底在笑什麼？

「于澄。」

「給你一個忠告。」

「什麼？」

「如果真的想保護她的話，就在她察覺之前解決掉，對你而言是朋友和喜歡的女人的取捨，但對她來說，兩邊都是所愛的人。」

「沈墨？」

站在鄭媛家門口，沒有事先聯絡，因而剛下班回到家的她顯露出訝異的表情，但旋即泛開甜美而燦爛的笑容。像是我從來沒有拒接過她的電話一樣。像是我從來沒有讓她傷心過一樣。

然而她不可能不痛。

在愛情之中，極其細微的舉動都會被放大，近似於無限的放大，甚至只要一個眼神的閃躲，就能在心口劃下一道深不見底的血痕。

我沒有說話，跨前一步便將她納入懷中。

大概，在我能夠預想之前，就已經沒辦法鬆開手了。

「對不起。」

「為什麼要道歉？」

「因為沒接電話。」

「我以為該道歉的是讓另一個女人接電話呢。」

鄭媛輕輕的笑了，我的指腹滑過她的右頰，她的臉頰顯得有些燥熱，想低下頭卻又一副捨不得移開視線的模樣。

「以後，妳可以質問我。」

「我聽不懂……」

「這不就聽懂了嗎？」

「不能，說得更明白一點嗎？」

「我把沈墨分一半給妳了。」她的手像孩子般緊緊抓住我的衣袖，「所以鄭媛，不要把全部的自己給我，一半就好。」

「為什麼？」

「因為妳要好好保護自己。」

「那百分之八十不行嗎？」

「不要討價還價。」我忍不住的笑了，「如果妳把全部給我了，我可能會覺得反正通通都得到了，說不定轉身就跑了，這樣也沒關係嗎？」

「沈墨是這樣的人嗎？」

「我不知道，誰也不知道自己在愛情裡會變成什麼樣的人。」

「沈墨，我的心臟好像跳得有點快。」

「嗯。」

「你可以捏我的臉頰嗎？」

「為什麼？」

「說不定不會痛……」

「真的有那麼喜歡我嗎？」

「嗯。」她毫無猶疑的立刻點了頭，用著非常認真的眼神注視著我，「因為沈墨是會讓人越陷越深的人。」

好熱。

我的喉嚨突然非常乾澀。

有點不自在的別開眼，早知道就陪沈品柔多曬一點太陽了，不是健康因素，而是皮膚黑一點比較看不出來。臉紅。

鄭媛用她冰冰涼涼的掌心貼放在我的雙頰。

「我好喜歡你。」

「夠了。」

她開心的笑著，發出銅鈴般的清脆笑聲，確實的，撞擊進我的心底。

可能，從那場猛烈的大雨開始，我和鄭媛就已經有了無法回頭的起點；所有的偶然都是一種必然，我的手覆蓋上她的手背，我忽然想起自己在第二次見面就能夠認出她的容貌，起初我認為是由於兩人之間的相遇太過荒謬而不可避免的留下記憶，但那也是一種深刻。

「要進去一起吃晚餐嗎？」

「直接見家人不會太快嗎？」

「又不是沒見過……」儘管只是玩笑，但鄭媛仍舊羞赧的低下頭，「那、改天吧。」

「嗯。」

「那我先——」

「放開我們家鄭媛！」突然的叫喊讓靠在我胸前的鄭媛身體一僵，是鄭令翔，這稚嫩的嗓音我非常熟悉，「你、你是誰？」

聲音靠近了一些，我想他正用著試探的步伐緩慢的接近，我還背對著他，但總要轉身的。

於是我果斷的回頭。

「沈、沈墨老師？」

少年不可置信的來回張望我和鄭媛，鄭媛不自在的躲到我身後，雖然比我預想的還要快又還要麻煩一些，但沒有躲藏的必要。我牽起鄭媛的手，微微施力將她拉向前。

「先回去吃飯吧，不要讓鄭媽媽等。」

「嗯。」

「姊，妳什麼時候染指了我的沈墨老師？」

這是什麼感想？

我差點就笑了出來。

「染指不是用在這裡，還有，是我牽著你姊姊的手，不是她拉著我。」

「天啊，沈墨老師除了帥之外，沒有辦法用其他的詞來形容了。」

不要一臉崇拜的看著我。

這對姊弟某種程度上相似的可怕。

「多念一點書，中文的形容詞沒有那麼貧乏。」

「好。」少年堅定的點頭，「那我可以喊你姊夫嗎？」

我嘆了一口氣。

不行。想這麼說但我望了一眼仍舊困窘的低著頭的鄭媛，雖然有點壞心但我淡淡的回了聲，「隨便你。」

鄭媛的身子輕輕一顫。

我鬆開手，她甚至沒有看我就衝進屋內，當然，我沒有忘記眼前還有一個棘手的少年。但說不定是深諳內情的少年。

「借我一分鐘好嗎？」

「一百分鐘都借。」

「維農，跟鄭媛的關係很好嗎？」

「姊夫你在吃醋嗎？」鄭令翔曖昧的眨了眨眼，「不用擔心啦，維農哥像我們的親哥哥一樣，而且我姊也不是會三心二意的人，如果她喜歡維農哥早就說了；當然啦，維農哥很疼我姊，超級偏心的喔，不過我覺得那根本是妹控，跟喜歡沒有關係。」

「先回去吃飯吧。」

「姊夫不一起吃嗎？」

「回去之後不要調侃你姊。」

「姊夫會心疼嗎？」

「對，我會心疼。」

「天啊，真是太帥了。」我撇開眼，不想看見少年過度的崇拜，「我知道，我會努力克制的。」

「回去吧。」

少年點了頭卻出其不意的緊緊抱住我，「我姊難得也會做出精明的事。」

聽到他這樣一說，我反而錯失了掙脫的時間點，只好默默忍受少年太過熱情的擁抱了。

我突然覺得自己好像太衝動了一點。

□

維農消失了好幾天。

韓颯讓我不要聯繫他，人都需要整理心緒的時間，短暫的逃避偶爾是必須的。我知道。我同樣需要足以旋身的空間，因為在乎反而更加容易做出偏頗的判斷，適當的冷靜是應該的，越是困難的時候越是應該抽離。

我安靜的吐了一口長長的氣。

門被打開了。

我以為是韓颯，但門邊的人忽然靜止了動作，某種具有強大拉扯力量的違和便從那端點作為沿伸，我側過頭，不期然迎上維農幽黑的雙眼。

在他的預期之外。也在我的預期之外。

然而鄭媛，同樣也在這所有的預期之外。

「好久不見。」

我拋出了不合時宜的開場白。

蓄意攤開的荒謬反而讓彼此有了容身之地，他沒有起伏的應了聲，接著放棄回房走到我左前方的位置坐下。

沉默成為我和他之間最大的聲音。

伴隨著他重重的呼吸。

「我不知道該怎麼理解這件事。」

「我也還找不到適當的說明，總之，我喜歡鄭媛，但我還是想釐清你的感情，比起模糊不清的狀態，雖然困難但還是盡可能乾淨俐落比較好。」

「真是果斷。」他輕輕扯的唇角卻沒有笑意，「沈墨，你最讓人感到安心跟最讓人討厭的都是這一點。」

「這不在我的預期之內，但就是擺在我的面前——」

「擺在面前，你指的是感情還是小媛？」

「維農……」

「我知道說這種話很傷人，也像是牽拖，你喜歡小媛或者小媛喜歡你，都是我沒辦法干預的事，畢竟我離她那麼近，很清楚她只把我當作哥哥；但為什麼是你，這幾天我想了一遍又一遍，為什麼要是你？我沒有你跟韓颯那麼冷靜，說切割就能夠切割，我努力的試著，真的，但最窩囊的是什麼你知道嗎？我居然怨恨起你，不是因為你喜歡小媛，而是你輕輕鬆鬆就得到我甚至連邊都碰不到的她的感情……」

注視著表情痛苦的維農，他的掙扎與哀傷確實的滲透進周旁的空氣，此刻的我連呼吸都感到熱燙，他的喘息藏匿著強忍的情緒，我不知道該說些什麼才好，或許沒有任何一句話在這瞬間是適當的，我只能安靜的望著他，仔細的感受著他的痛楚。

你的愛與我無關。小媛的愛與我無關。夾藏在他話語深處的是一種深深的無奈與無力。也許旁觀者會認為維農在無理取鬧，畢竟沒有背叛也沒有辜負，甚至連欺瞞也沒有，就只是一種時間差產生的裂縫，他沒有吵鬧的餘地；可能客觀的事實如此，維農比誰都清楚，但他的感情跟隨不上理智，這才是最大的拉扯。

在這漩渦之中，被猛烈拋扯的，是維農。他甚至不能抓住誰的手。

「我不會在你跟鄭媛之間進行選擇，這樣很貪心也很自私，我不會否認，所以，程維農，你聽好，我不會為了保全和你的友情而犧牲鄭媛，我會離開她的唯一理由就是她不希望我待在她身邊，同樣的，你也可以驅逐我，但你最好牢牢記住，只要我是沈墨，就不會放棄程維農。」

維農痛苦的吐了一口氣。

這樣的宣言無疑是狠狠踩上他最脆弱的部分。

某些時刻儘管是不想失去的人，卻會違背心意的拋出讓對方離開自己的理由，因為自己的體內忽然湧上了無法克制、非常陌生的惡意，明明是自己所愛的人，明明錯的就是自己，卻沒有辦法收回熱燙的憤怒。

我們都明白，那樣的憤怒不僅會撕裂對方，同時會吞噬自己。

維農猛然站起身朝我的臉狠狠擊出一拳，我的身體突然失衡倒向沙發另一端，他衝上前用力的扯住我的衣領，他的雙眼佈滿血絲卻不能控制的落下淚水。打在我的臉上。

「為什麼是你？為什麼要是你……我以為只要耐心的等候，就會有一瞬間是上天給我的機會，就算得到的是拒絕也好，至少，長久以來藏在心底深處的感情能讓她知道，但是，我又怎麼能讓她知道呢？」

他哀傷的笑了。

「我知道那個人不會是我，但我還是希望那個人是我，這樣像許願一樣的心情，你知道嗎？」

維農的淚水不斷的滴落在我的臉上，偶爾滴進我的眼睛，但我仍舊堅持的張開眼，注視著他的疼痛，同時深深記憶住他的疼痛。

因為，最痛的痛是無處擺放的愛與失去。

二〇

維農離家出走了。

雖然不是貼切的說法，但狀況非常近似，一大早韓颯就敲了我的門，帶著被吵醒的不快冷冷的轉達維農的訊息：我暫時不會回來，叫沈墨去上家教，順便去撞牆。

我沒有去撞牆的意思，雖然感覺百分之九十是他的真心，但我寧可將注意力放置於那剩餘的百分之十。至少他沒有逃離我的意思。

可能成長也不盡然是失去，至少我們能夠避免衝動造成的毀壞，並且設法保全自己所珍視的存在。

「維農哥不是說今天會來嗎？」

「他臨時有事。」

「可是我媽說維農哥在電話裡的聲音聽起來有點奇怪。」鄭令翔側著頭用自動筆尾端敲了敲自己的腦袋，突然他揚起有些奸詐的微笑，「嗯哼，該不會維農哥又失戀了吧？」

「我不知道。」

「姊夫的口風真緊。」

「你還是喊我沈墨老師比較好。」

「姊夫要拋棄我姊了嗎？」

「不然，沈墨哥也好。」我決定無視少年誇張的神態，和緊緊揪著我手臂的手，「我不想太招搖。」

「我明白，低調的男人總會有一種神祕的魅力。」

不、你不明白。

但反正鄭令翔聽不進去，解釋只會讓事態更麻煩，我沒什麼誠意的扯了下嘴角。

「不過姊夫啊——」

「沈墨哥。」

「好吧，沈墨哥，有點奇怪耶，你的嘴角有點腫腫的，像被揍過一樣，嗯……依照我銳利的觀察，其中必定有鬼，啊，該不會，該不會，該不會——」

「你再繼續往後退會摔下椅子。」

「不用擔心，我柔軟度超好的說。」少年得意的又往後移動了一點，最後才滿意的拉回身子，「該不會是為了爭奪我姊，然後你跟維農哥大打出手吧？偶像劇都這樣演的，死黨喜歡上同一個女生，結果就很掙扎很掙扎可以演三集的那種掙扎，最後當然是男主角獲勝，失戀的那一個只好遠走高飛，到一個誰也不認識的地方暗自療傷，我們家維農哥好可憐喔……」

還真的是偶像劇情節。

少年的臉皺成一團，非常融入於自己的想像，我拿起筆輕輕敲了他的額頭，「沒有那回事。」

「是喔。」少年掃興的嘟起嘴，「也是啦，我姊也不是會讓人想爭奪的女主角。」

「第三題。」

少年乖乖的演算起題目，但安分是短暫的，解到一半他又抬起頭，「還是說，我姊跟維農哥爭奪你？然後，我姊就發瘋用力甩了你一巴掌，又跟維農哥決裂，所以一個說有事不能來，另一個說要加班就是要避開對方也避開你？」

「我不想扼殺你的想像力，但很遺憾，維農只是有事，鄭媛只是加班。」

「喔。」少年無聊的癟著嘴，「明明小說跟電影都把愛情表現得那麼複雜又戲劇性，電視新聞也超誇張的啊，但為什麼我身邊的大人談的戀愛都那麼普通。」

「沒有一份愛情是普通的。」

「可是就是喜歡對方，然後在一起，也沒什麼起伏啊。」

「你想要什麼起伏？」

「例如有那種可以緊緊抱住對方，說『無論如何我都不會放開你』，或是大喊『我不能沒有你』之類的啊，不然，怎麼知道對方有多喜歡自己，自己又有多喜歡對方呢？」

「愛情的每一個瞬間都是起伏，不需要有誰來拆散，也不需要哪個人特意破壞，無論是多麼微小的事件，對於身處其中的人而言都是大風大浪。我不想倚老賣老，說些什麼你長大就會知道，事實上誰也掌握不了所謂的愛情，但這就是最戲劇性的部分，不是嗎？」

「姊夫，你好帥喔。」

「時間差不多了。」在少年扯住我卻還沒開口之前，我搶先拋出話語，「今天不行。」

「木耳蓮子湯可以養顏美容的說。」

「你多喝點。」

結果我還是坐在鄭家的餐桌上了。

右前方的少年一臉崇拜又曖昧的注視著我，左前方的女人愉快又羞怯的凝望著我，木耳蓮子湯很甜，非常的甜，但我還是大口大口的舀進口中，但從廚房又端出水果的鄭媽媽解讀為我很喜歡，又熱絡的替我添了一碗。

簡直像沒有盡頭一樣。

「姊夫，你喝太多變太帥怎麼辦？」

「鄭令翔你閉嘴。」

「妳應該要整鍋灌進去的，不過這樣變胖說不定會被拋棄，真是兩難。」

「吃你的梨子啦。」

「令翔你湯喝完就去洗澡。」

「喔。」少年朝著在客廳看電視的鄭媽媽應了聲，「姊夫，我媽這是要讓你們獨處的意思，你已經是我們家的人了。」

「閉嘴啦。」

「我要去洗澡了，姊夫再見。」

「嗯。」

少年蹦蹦跳跳的走上二樓，不知道什麼時候待在客廳的鄭媽媽也不見蹤影，這家人真不知道該說是貼心還是奇特。總之，鄭媛在我的面前，而就只有我和她而已。

「維農哥，怎麼了嗎？」

「在我的面前先問起另一個男人嗎？」

鄭媛咬著嘴唇抬頭瞄了我一眼，泛開甜甜的微笑，在她的眼角能夠清楚感受到屬於幸福的流光。真是容易滿足的女人。然而這樣的女人，卻會讓人變得貪婪。

「你的臉怎麼了嗎？」

「不小心撞到。」

「要用什麼姿勢才會撞到那裡啊？」

「不必想像。」

她伸出手小心翼翼的撫過我頰邊的紅腫，一眼就能看出那是被打的傷，但她沒有追問，我想起總是十分好奇的鄭令翔也沒有探問；握住鄭媛的手，我扯開淺笑，試圖給她一些安心。

「男人間的事有時候很複雜，沒有辦法說明，但沒事，這點我不會騙妳。」

「嗯。」她爽朗的點了頭，「女人也有很多祕密。」

「鄭媛。」

「怎麼了嗎？」

「妳的嘴唇上沾到甜湯了。」

「哪裡——」

在她反應之前我的唇貼上她的，她的身體突然一僵，我還抓住她的左手，鬆開的瞬間我移往她的後腦，加深了彼此的吻。

她的眼睛睜得大大的。

「下次眼睛閉起來比較好。」

「你、你說甜湯沾到……」

「男人的話有時候不能信的。」

「沈墨也是嗎？」

「當沈墨變成男人的時候，就會變得有點卑鄙，有點自私，還有點貪心，這樣，會後悔嗎？」

「才不會。」

「那，這次眼睛可以閉上嗎？」

「什麼？」

她的眼睛還是睜得大大的，我的唇快速刷過她的，大概是明白我只是在惡作劇，在我拉回身子之前鄭媛突然扯住我的衣領，將柔軟的唇貼上我的。

「這樣比較公平。」

「我不反對。」

「鄭媛，果然是妳霸王硬上弓，姊夫只是不得不屈服對吧？」

鄭令翔誇張的表現法讓我幾乎以為是維農正在遠距遙控，她如石像一般跌回座位，接著效仿鴕鳥把臉貼在桌面並且用雙掌掩住；我坐回位置，盡可能維持平靜的將頭轉向逐漸逼近的少年。

「姊夫，你還好嗎？」

「咳、」我的喉嚨有點乾澀，「我差不多該回去了。」

「你放心，我姊會負責的。」

沈墨，能屈能伸，你可以的，對付這男孩跟對付程維農的模式是相同機制，我深深的呼吸，以略微低沉的嗓音緩而清晰的說。

「為了維護我的自尊，你可以當作什麼都沒看見嗎？」

「當然。」

「鄭媛妳要先上樓嗎？」

「嗯。」

悶悶的應了聲，她像被哥吉拉追趕一樣拔腿就往樓上跑，接著又像樓下聽不見一樣發出哀嚎，我忽然想起那天也是一樣，雖然沒有看清楚容貌，但有些時候屏除外在反而能得到更多訊息。

真是單純又可愛的女人。

「我先回去了。」

「姊夫，忍辱負重。」

「成語用得不錯。」

「嗯，因為我天資聰穎。」

□

「歡迎回來。」韓颯涼涼的說，「原來離家出走也像上下班一樣，早上七點出門，晚上七點回來。」

「反正我不吵你起來，你的鬧鐘也會響。」

「就算只有十分鐘的差別，但七點和七點十分就是完完全全的兩個世界。」

「要怪去怪沈墨。」

「當然，這對我而言才是真正沒有差別的部分，這個世界上除了我和我們家小蔓之外，其他的人，不管是哪個人，都是一樣的。」韓颯的臉上帶著溫和的笑但掃過我和維農的眼神卻極其冷冽，「程維農，還有沈墨，無論你們之間有多少愛恨糾葛，都與我無關，基於我有限的同情心，我就當作早上是被髒東西吵醒又不得不和另一個髒東西說上話，但是，髒東西之間的問題，最好乾淨俐落的解決，你們知道，我很愛乾淨。」

韓颯瞬間收起臉上的表情，頭也不回的轉身走回房間，簡直像是要避開髒東西一樣的果決；我和維農的視線不經意的交錯，昨夜沉重的什麼似乎稍微被蒸發而減輕了重量，他重重的坐上沙發，而我則在他身旁坐下。

「不要有什麼美好的想像，我不是那種會覺得『我喜歡的人和另一個喜歡的人在一起我好開心』的笨蛋，所以我討厭你，超討厭你的。」

他的口吻跟鄭令翔有異曲同工之妙。

然而我確實鬆了一口氣。在我和他之間，需要的只是一些時間和努力。

「你在罵鄭媛嗎？」

「小媛也沒那麼笨。」維農稍微愣了一下，「不對，小媛不笨，卑鄙的沈墨不要把小媛扯進來。」

「我真的喜歡她。」

「如果是假的我早就將你滅口了。」

「我也喜歡你。」

「現在是想腳踏兩條船嗎？」

「不想。」

短短一天之間維農體內的模式轉為幼稚化，比原來還要可怕十倍以上的那種幼稚，但這是他思索之後的處理方式，想發洩的話用孩子般耍脾氣的口吻拋出就變得柔軟許多。想說的話就是必須說出口，人沒有辦法吞嚥下所有感情，那不僅僅是自身的消化，而是，當甲沒有聲音，乙便無法有所接續，於是所有人都繞進了死巷。

「喝酒嗎？」

「不喝。」他瞪了我一眼，「我要喝可樂。加冰塊。」

「也好，避免你趁機揍我另一邊的臉。」

「可樂裡的化學成分跟咖啡因說不定比酒精還可怕。」

「意思是你決定喝溫開水嗎？」

「沈墨你想連下巴也一起失守嗎？」

「我們的身高差確實會讓我的下巴很危險。」

維農不由分說抓起抱枕就砸向我，我沒有閃躲直接承受那力道，不是自虐，而是避免他失心瘋的將隨手可以拿到的東西通通朝我扔來。

去年他跟沈品柔吵架時這屋子裡的擺設幾乎全毀，雖然韓颯讓兩個人都付出代價，但收拾殘局總會落到我頭上。想到這點就感覺一點痛不算什麼。

他大概不會明白我的心路歷程，說不定會以為我採取哀情姿態，承受他所有的憤怒與難過，當然不是，雖然有點無情，儘管我能同理他的心情，也願意理解他的憤怒，然而他的愛情終究是他的，跟我無關，甚至跟鄭媛無關。

總之沒有必要戳破他的想像，他有他的路要走，我也有我的問題必須解決，所謂的人不管多麼親近終究是兩個獨立個體，如同我對鄭媛說的，至多就給我百分之五十，超出那界線或許會失衡也說不定。

「偷加東西你就死定了。」

「加了你也不知道。」

「長得帥了不起嗎？」

「這又是哪裡來的結論？」

「我唯一輸你的就只有長相而已，不要太得意。」

「還有身高。」

他一口氣灌完整杯可樂，杯子裡的冰塊甚至還沒有融，「你不知道這樣我跟小媛的差距比較小嗎？」

「也是。我認輸。」

「哼。」他猛然站起身，居高臨下的睥睨著我，「杯子你洗。」

我聳了聳肩。

他轉身走回房間，在門前停下了腳步，我彷彿聽見他的嘆息從那端飄了過來，他的聲音有些失真，那粒子帶著相當粗糙的表面，飄浮在空氣之中。

「沈墨，對你而言愛是什麼？」

「我很早就放棄思考這種沒有正解的哲學性問題，但我不是衝動也不是一時興起，雖然這麼說對你而言非常殘忍，然而在鄭媛的愛裡我看見了容身之地，有一處，只要是沈墨，就會被接受的溫暖位置。」我說，「這一點，我感到非常感激。」

「這些日子我一直想著怎麼能夠是你，但我不會否認，有過幾個瞬間，我想過，幸好是你。」

幸好是你。

他說。

那一瞬間我感覺到我和維農之間有些什麼正急速崩塌而又以新的形式重建，同時我強烈感受到在他心底屬於鄭媛的重量巨大到讓他願意妥協讓出盡可能大的空間。不是為了我。也不是為了他自身。單單為了讓鄭媛更加趨近所謂的幸福。

那是維農給出的、極其幽微而深刻的愛。

最後他旋開門，跨過那道無形的線，踏出，我所在的這裡。

只留下一抹喟嘆。

12

鄭媛在廚房準備晚餐。

從這個角度能夠瞥見她忙碌卻愉快的身影，我和維農都被趕了出來，廚藝稱得上良好的韓颯沒有參與的意思，於是就形成了三個男人在等吃飯的情景。

為什麼鄭媛會在這裡？

沒有人說明，甚至維農阻止了她的說明，總之維農表現出「我們非常相親相愛」的態度和她一起提著超市塑膠袋回來，經過一番輾轉，才分配好各自的位置。

總之，不要礙事。

這是韓颯說的，雖然鄭媛脾氣很好，但拿刀的女人還是不要招惹比較好。

很有道理，我跟維農都沒有反駁的意思。

「髒東西們和好了嗎？」

「你不擔心有一天你口中的髒東西們一起反撲嗎？」

「所以我的宗旨一向是未雨綢繆。」韓颯輕輕笑了，視線滑過我和維農，「待會，垃圾車就來了呢。」

韓颯的威脅總是這麼雲淡風輕。

又或者，他所有的日常口吻聽起來都像是威脅。

這不重要。我抓起鄭媛一開始就準備好的蘋果塞進維農嘴裡，他嘟囔了幾聲還是安分的咀嚼著蘋果，韓颯悠閒的翻閱著雜誌，似乎是在思索周末和姊姊午餐的地點。

「叛徒。」

「我打從一開始就是韓颯那邊的。」我扯了扯嘴角，「我不做沒勝算的抵抗。」

「成不了大業的傢伙。」

鄭媛帶著甜笑端來香味四溢的菜餚，我才剛要站起身就被維農架了拐子，再度跌坐回原位，而維農順勢陪鄭媛走回廚房端菜，維農挑撥離間的說著：「這種不幫忙的男人實在是太糟糕了。」

鄭媛笑了。

「那傢伙很努力。」

「嗯。」

維農輕快的口吻和舉動大概都是一種偽裝，儘管每個人都看穿了，他也清楚明白早已被看穿，卻還是必須誇張的演出，這才是最辛苦的一點。

像個傻子一樣。

然而存活於這個世界上的我們都不過是個傻子，於是為了某些什麼便願意以全部的自身作以交換，縱使，給出之後發現那不過是一場騙局，我們依然選擇不要拆穿對方的謊言。

如果這能夠讓對方得到幸福的話。

「一看就知道非常美味。」韓颯說。

「謝謝。」

維農硬是擠在我和鄭媛中間坐下，她有些不解的往左邊稍微移了點，抬起眼卻迎上三個截然不同的男人眼神。無關緊要的。過於熱絡的。以及淡漠的。

她不是很在乎。大概她比誰都還能適應微妙場景下的氣壓與空氣，我望了她一眼，眉心不自覺的聚攏，太靠近了一點，簡直貼靠在一起，我強制性的將維農扯了過來，他頑強的抵抗最後形成過分親暱的姿勢。

「感情真好呢。」

真是不合時宜的感想。但我和維農只是尷尬的對鄭媛笑著。

「真是妨礙食慾。」韓颯瞄了我們一眼，「跟我換位子吧，我不想正對著那兩個人吃飯。」

「好。」

終於可以好好的吃飯了。

但抬起頭一迎上鄭媛甜膩膩的微笑，我就感覺喉嚨異常乾渴，一口接著一口我將碗裡的飯菜塞進嘴裡，這樣不行，到底為什麼只是對望就會讓我的思緒紊亂？

「給我收起你汙穢的視線。」

「不要看我。」

「邪惡的沈墨。」維農放下碗筷伸出手固定住我的頭，逼迫我和他對視，「雖然我很犧牲，但如果能換得世界和平我願意。」

食慾全消。

「放手。」

「才不要。」

鄭媛發出銅鈴般的清脆笑聲，我實在很想忽略緊貼在我雙頰上的維農的溫度，但他依然用力撐住，不想和他進行幼稚的拮抗就只能暫時維持現狀。

「真好呢。」鄭媛微微側著頭，「我也想知道這樣摸著沈墨的臉的感覺。」

這什麼莫名其妙的感想？

我開始感到無奈了。

「鄭媛，」維農斂下眼又抬起眼，快速得幾乎讓人無法察覺他心情的轉化，「不要在我面前說這種話，我會想殲滅沈墨。」

「為什麼？」

「鄭媛。」

「嗯？」

「我喜歡妳。」

鄭媛詫異的瞪大雙眼，維農的手還貼放在我的雙頰，形成相當詭異又難以說明的畫面；維農扔給我一個輕佻的挑釁眼神，但轉回鄭媛時再度換上平靜卻認真的凝望。

他到底是想傳遞自己的心情。

選在我的面前，選在如此荒謬的瞬間，也許是一時衝動，又也許是經過反覆思量得出的最佳解。用著閒聊般的口吻，阻斷了過多的延伸與聯想，也遮掩住大面積自身的感情。

維農非常努力。

用著不讓人看穿，特別艱辛的努力。

他涼涼的補充：「沈墨也知道。」

「沈墨……」

維農終於鬆開手，幼稚的哼了一聲，「這個絲毫沒有兄弟道義的男人，居然毫不猶豫的選了妳，所以，我當然要拚命的破壞你們。」

鄭媛不合時宜的臉紅了。

我的頭好痛。

「我沒有拋棄你的意思。」

「看吧，果然是自私又貪心的男人，兩個都想要嗎？」維農誇張的蹺起腳，「說，小媛跟我，你要選哪一個？」

我嘆了一口氣。

鄭媛用著晶亮的大眼期待的注視著我。

「我選韓颯。」

「我不想參與。」韓颯相當乾脆的拒絕我的求救，「不過，現在的重點是程維農剛剛的告白吧。啊，現在討論這件事好像有點晚，鄭媛差不多該回家了吧。碗盤放著就好，反正髒東西們會收。」

韓颯是蓄意的。

懷抱著強烈惡意的那種蓄意。大概是對於髒東西們的一種報復性處置。

「我送妳回去。」

「不用，我送就好。」維農俐落的拿起鄭媛的背包，輕輕嘖了一聲，「沈墨跟維農哥，想也知道是哥比較親，閃一邊去。」

鄭媛僵硬的身體緩慢的往玄關移動，我甚至和她說不上話，關上門之前維農在我耳畔低聲的說著：「愛情不轟轟烈烈就不叫愛情了。」

接著，門被關上了。

我終於知道鄭令翔腦袋裡對於愛情的偏頗觀念是從哪裡來的了。

鄭媛的手機關機了。

打了好幾次都傳來一樣的機械式女聲。

維農一回家就走回房間，仔細的鎖上門，中途探出頭迅速的在門板上貼了「沈墨退散」的黃色便條紙又謹慎的關起門，待在客廳看電視的韓颯興味盎然的瞄了我一眼，我不願意想像，但似乎維農暗地裡早就和韓颯結盟。

「我哪裡得罪你嗎？」

「沒有，只是我稀有的同情心非常偶然的投注於程維農身上。」

「今天的晚餐是你寫的劇本？」

「大概。」韓颯不置可否的笑了，「為了避免他賴在我房間還流下眼淚鼻涕，乾脆的讓他告白最省事。沈墨，要藏匿一份感情必須要有強大的精神力，特別在非常靠近的距離下，長久以來他的忍耐已經到了讓人欽佩的程度，如果沒有引信，也許窮極一生他的感情都會是個祕密，但引信就是出現了，你很清楚，『沈墨』就是引信，而鄭媛對你的愛，就是一道火光。」

我知道。

假使不是我，可能，維農會找到成千上萬的理由繼續他的藏匿與忍耐，直到能夠攤放在日光下等候蒸發的那一天。

「這不能解釋鄭媛不接電話。」

「有條理的沈墨果然不容易被蒙混。」

「韓颯。」

「嗯，劇本是很客製化的，維農特別要求，要轟轟烈烈的。特別麻煩的那一種。」

「可以詳細的說明嗎？」

「當然不行。」韓颯將頻道轉到了正在播放獅子的動物台，「不過今天太晚了，所有的行動都留到明天再採取吧。」

「我不喜歡這種不安定的模糊感。」

「我也不喜歡。」他說，「但維農特別喜歡這種設定。何況，所謂的愛情，本質上便是一團混沌，身處其中的人必然需要承受不安與晃動，這稱不上代價，單純的來看就只是一種特性而已；在不穩定的狀態裡，人才特別想要抓住另外一個人。所謂的安心，也是基於這一點，沈墨，如果早就安穩的站立在地面上，才不會想追求什麼安心感呢。」

「既然你說動盪是愛情的一種特質，那就沒有必要加諸非自然的搖晃。」

「沒錯。所以這額外的晃動不是為了你和鄭媛，而是為了你和維農。」他淺淺的笑了，我讀不出韓颯的心思，「現在的維農和你，正站在非常不安穩的位置，儘管彼此都用著自身的方式試圖穩定，但到達不了核心就解決不了問題。鄭媛就是所謂的核心。轟轟烈烈的愛情不是你的追求，也不是鄭媛的冀望，但維農必須看見這一幕，必須證明，你和鄭媛之間確確實實存在著維農所追尋的愛。」

他說。

「當然，你跟鄭媛的愛情跟任何人都無關，但愛情不過是投進湖面的一顆石頭，掀起的漣漪才真正是你和她的日常，你可以潛下水去找尋那顆石頭，但沒有太大的意義，愛情只是起點，或者是接點，讓兩個不相關的人、的人生逐漸趨近；對我而言漣漪才是重點，才是所謂的生活。人不可能長久潛在水面底下，掌心死命握著石頭也沒有意義，不是說愛情無關緊要，而是，因為確切明白湖底下有著愛情，才會感到安心，也才會待在那裡。」

「韓颯。」

「嗯？」

「你今天說很多話。」

「我知道。」韓颯淡淡的笑了，「沒有辦法，因為我活在你和程維農的日常裡，而你們，也活在我的日常裡，所以你的愛情和維農的愛情扔進湖底掀起的漣漪，也會作用在我的身上。」

維農門板上那張「沈墨退散」牢牢的貼著，稍微仔細端詳，上下還多加了透明膠帶，我停下腳步站在門前，有些朦朧的什麼竄上思緒，我想起來，那天，下著滂沱大雨的那天，鄭媛同樣在門上貼了一張便條紙。

「站在我門口鬼鬼祟祟的做什麼？」不期然的維農打開門，瞇起眼來回巡視著我，「沒看見『沈墨退散』四個字嗎？」

不要理他。

我轉身逕自走往廚房，維農居然亦步亦趨的跟在我身後，瞄了他一眼我伸手拿了玻璃杯倒了半杯水，他有些僵硬的從冰箱拿出葡萄汁，靠在牆邊安靜的喝了起來。

明明就能細膩的隱藏自己的感情，卻又在這種時候拙劣得像張白紙，我忍耐著不要發笑，不知道該說是鄭令翔身上顯現了維農的影子，或是維農被鄭家姊弟的純粹同化。

總之，他希望我問。非常希望。

「你和鄭媛說了什麼？」

「不告訴你。」

「是嘛。」我喝完杯子裡的水，「那就算了。」

維農愣了一下，用力的吸了一口葡萄汁，似乎打算假裝沒聽見我的回答。

「小媛昨天哭了喔。」

「為什麼？」

「當然是後悔自己太過莽撞的做出決定啊。」

真是令人煩躁。

事實上我也不知道真正讓我感到煩躁的是些什麼，大概不是維農的迂迴，這是他自以為吊人胃口的方式，最後卻總是半途而廢的一股腦全盤托出，我很清楚這一點，大多時候會感覺他言不由衷的態度相當有趣；然而此刻的我確實感到煩躁，甚至我沒辦法控制我的舉動，在我意識到之前，我就已經伸手揪住維農的衣領。

對了，因為他剛剛說了。鄭媛哭了。

那傢伙很愛哭，非常輕易就會掉下眼淚，但我沒辦法忍受，她在另一個男人面前哭。

又或者，為了另一個男人哭。

縱使對方是維農。

我盯著自己緊緊扯住維農衣領的手，無聲的嘆了口氣，儘管預料到自己越陷越深，但這種時候總會感到一種微妙的驚訝。

啊、原來沈墨已經陷到這種程度了啊。

真是惡趣味。

「做什麼啦？」

「程維農，這不是警告，我也做不來威脅，甚至我也控制不了我的舉動。」我鬆開手，往後退了一步，「只是一旦牽涉到鄭媛，連我也無法預期我會做出什麼事。」

「沈墨——」

「她昨天為什麼哭，又為什麼關機，不要拐彎抹角，現在的沈墨，體內沒有所謂的冷靜。」

維農要笑不笑的瞪了我一眼。

「因為拒絕我。」他說，「這種時候小媛總是會哭，雖然跟她一點關係也沒有，但她還是覺得很抱歉，何況對象是我，就算在我面前忍著眼淚，但回到房間還是沒辦法控制吧。明明希望她開心能夠笑著，卻為了我難過的大哭，所以我偷偷站在她的門外，聽著她哭，真的，很難過的那種哭法。」

維農嘆了一口氣，眼中泛著隱微的水氣。

「我知道你很擔心，但就當作是我的請求，給小媛一段時間，她的心思很細膩，無論我和你表現得多麼開心，她還是能夠感覺到非常細微的變化，大概會想著『是我的錯』……沈墨，對於這一點我感到非常抱歉，你跟小媛的愛情本來就沒有我的位置，我卻還是貪求某個狹小的縫隙，至少，我和小媛之間，存在著『愛情』這兩個字，所以——」

「讓開。」

「什麼？」

「給鄭媛時間，要給她多久？一天？還是一星期？如果她神經錯亂下了『我離開比較好』的結論，到時候誰拉得回來？你又不是不知道那傢伙固執得要命。」

他的眼神不由自主的飄動，稍微往旁邊滑了一步。

「這我也是有想過啦，但後來想想，要去拉的人也不是我，所以……」

「你這該死的傢伙。」

「雖然現在不適合說實話，但看見你這種表情，還真的有點快感……等、等一下，與其揍我，還不如衝去找小媛，雖然不一定，不過——」

「還有什麼不過？」我終於克制不住自己的脾氣大聲吼了出來，「一次說完。」

「我常常跟小媛說，心情特別難過的時候，就把一切通通拋開到某些遙遠的地方——」

沒辦法聽完了，我轉身就往屋外跑。

到底我犯了什麼滔天大罪，上天要這樣懲罰我？

不、這大概恰好符合程維農和鄭令翔期待的「強烈的」情節，總之我開始痛恨起悠閒跳著秒數的號誌，也厭惡起緩慢步行在道路中央的行人，無論如何在這些人眼底我應該才是被討厭的那一個。

這就是世界。

我這樣想。你這樣想。他這樣想。而她又那樣想。

於是在某個來不及追趕上的岔路從此分道揚鑣。

太冤枉了。

我沒辦法容忍這種各自解讀的失去。

「沈墨，有一天你也會遇到一個無論如何都不想失去的人。」

「也許吧。」

「嗯，也許，你總是這麼冷靜呢，雖然明白你愛我，但即使失去，你也只是會覺得無可奈何而目送我離開吧。我知道。這跟我愛不愛你無關，而是，我並不是你生命中那個，沒辦法負荷失去的，人。」

也許她說得對。

長久以來我始終認為愛情憑藉著兩方的意願維繫而成，無論我有多麼想維持現狀，多麼想挽留對方，一旦對方決定離開，綁著彼此的繩索也被鬆開，勉強的拉扯只會讓對方為難，又或者徒增傷害。

真正想離開的人，是沒辦法被留下的。

然而，我又怎麼能分辨對方是真正想離開呢？

我不能。

誰都不能。

在伸手拉住之前，誰都不能肯定。

13

我還是晚了一步。

鄭媽媽帶著有些過意不去的表情將信遞給我，鄭媛留在餐桌上的，沒有多餘的話語，字跡顯得有些凌亂，像是在匆促之中完成，感情的事誰也不能干預，鄭媽媽是這麼說的，她流露的過意不去也並非由於鄭媛的不告而別，而是她的不告而別裡還帶著鄭令翔。

——我需要離開幾天，已經請好假了，不用擔心，媽妳要好好照顧自己，不要打電話給我，我不會開機。冰箱裡的布丁幫我吃掉。另外一張信幫我交給沈墨。

——我也請好假了喔，為了照顧姊姊我好偉大。

這是鄭媛留給鄭媽媽的信，底下還附上兩行鄭令翔的留言，真是令人啼笑皆非，我很難說明充斥於我體內的複雜感受，有一點無奈，有一點氣惱，又感覺她的舉動有些可愛。

大概我是病入膏肓了。

據說，當然我不是很願意承認來源是維農，總之，據說投注的感情多到某種程度之後，無論對方展現出何種面貌或者採取什麼舉動，我方接收到的訊息都會相當主觀的翻轉成為正面訊息。

愛情便是一種偏頗。

輕輕嘆了口氣，至少鄭媛還有另外留一封信給我。

——我暫時沒辦法思考，這樣的我可能會帶給你困擾，所以等到我恢復正常我就會回來。對不起。

——姊夫拜託不要拋棄我姊，我會帶名產回來。

這對姊弟。

簡直是輕旅行的氣氛。

我提著鄭媽媽送給我的布丁心情惡劣的打開門，布丁，雖然知道遷怒沒有任何用處（何況還是個布丁），但我還是帶著憤恨兇狠的吞嚥而下，我討厭的甜膩的食物，非常討厭。

從今爾後布丁會成為沈墨最厭惡的食物首位。

「這是哪家的布丁？」韓颯擺明是調侃的語氣飄落在我的身側，他興味盎然的拿起空盒端詳，「我會記住，這間店的布丁非常難吃，絕對不要去買。」

早已投靠韓颯的維農挑了個離我最遠的位置，臉上誇張寫著「跟我沒有關係」，卻又混著某些愧疚，最後他把自己剛開正準備喝的礦泉水推到我面前，彷彿示好一樣。

我洩憤般的灌下半瓶。

「鄭媛真是有行動力的女人。」

「就算你是韓颯，也不要——」

「當然，我很清楚，發怒的貓比獅子更駭人，不過，要安撫一隻貓，比馴化獅子容易多了。」韓颯慵懶的將身體靠上沙發，交疊著修長的腿，「我早就收買男孩了。」

——男孩？

維農的發問比我更快，「令翔嗎？」

「嗯。」他蓄意的放慢話語，不能催促韓颯，絕對不能，某種程度上他的性格相當無情，特別對於這些與他無關又非常混亂的事情，「未雨綢繆總是好的。何況一個是對感情自以為清晰冷靜卻根本沒看透的人，另一個是毫無脈絡可言又莽撞的人，我沒有那麼正面，會相信『感情會自動歸位』這種事，所謂的位置呢，只是一種主觀的認定，偶爾會順暢的獲得相同的結論，但大多數的偶爾，則是憑藉著其中一方相對強勢的主觀——嗯，追求，大概是類似的概念，用力將本來不在自己身旁的人拉到自己冀望的位置，一旦對方抗拒的力量大於自己，主導權便在另一端，跟採取的姿態高低無關，純粹是意志強弱的問題。」

這是一種精神鞭笞。

韓颯非常擅長這件事。

當然他說的話相當具有說服力，但在這種「某人的感情非常急迫」的狀態下，每個字聽起來都無關緊要。事實上也無關緊要。韓颯打從一開始就沒有要給出解決方案的意思，更不會有開導我的善意，迂迴的發表長篇大論只是為了消弭我試圖立即找到鄭媛的意念。

純粹是意志強弱的問題。

我好無奈。韓颯到底知不知道鄭媛最強大的力量就是她的意志啊？

「鄭令翔答應了你什麼？」

「沒有。」他愉快的嗓音聽起來異常刺耳，「我只是要他好好玩。」

「韓颯。」

「鄭媛需要時間。事實上以目前的現狀你也不得不給她時間。沈墨，現在的你，究竟在焦急些什麼？」

韓颯輕描淡寫的問號狠狠的刺進我的胸口，我究竟在焦急些什麼，我的言語在那瞬間盡數哽在喉嚨最難受的那一處，我的思緒竄進我甚至感受到的慌亂；我不自覺斂下眼，握著礦泉水瓶的手無意識的收緊，我聽見韓颯起身的聲響，接著是維農。

最後客廳內只剩下我一個人。

沈墨，現在的你，究竟在焦急些什麼？

我不知道。

只是一種沒來由的害怕。

害怕鄭媛會鬆開手。

然而，這樣的念頭，懷疑的究竟是鄭媛對我的愛，又或者我自身對於鄭媛的愛的想像？

鄭媛說她會回來。

回來。遲早她會的。

我彷彿全身力氣都一口氣被抽離般癱躺在沙發上，請假，我想起來了，今天是星期天，這大概意味著鄭媛不會在一兩天內回來。

然而我除了等待之外什麼也不能做。

如同起初的鄭媛，除了給出自身的愛之外，什麼也不能做。

「你的脾氣真差。」與話意截然不同，于澄有些愉快的笑了，「最新版本的流言是繼楊助理移情別戀之後，于助理也甩了沈助理，走不出情傷的沈助理鎮日一臉陰沉，每天話說不到三句。沈墨，你現在被研究生視為魔王程度的人了，真好，他們最近有效率多了，你能一直保持這種殭屍臉嗎？」

「回去。」

「你知道我的座位就在隔壁而已，這幾公分其實沒有太大的影響。」

「距離遠一點，妳人身安全的保障會多一點。」

這對于澄任何用處都沒有。

她甚至又拉近了她的椅子。該死的，午休一到我就把她椅子的輪子全部拆下來。

「失戀了嗎？」

不要理她。

我把注意力放在手邊的作業上，但紅筆的痕跡卻越來越深，沒有辦法，我只好抬起頭面對于澄。

「不要浪費時間在我身上。」

「時間就該浪費在有趣的事情上。」

「于澄。」

「你知道情緒長期處於緊繃狀態會導致心血管疾病，也會影響到周遭的人群，某種程度上我是受害者。」

「妳到底想問什麼？」

「沒有。我什麼都不想知道。我只是覺得陷入這種狀態的沈墨像奇觀一樣，放過太可惜。」

「妳不能有一點同情心嗎？」

「我沒有那種東西。」

「妳是要增加我得病的機率嗎？」

「沒有這種惡意，不過可能會有這種副作用，沒辦法，人生有太多不可預期的悲慘事件。」

「走開。」

「你真的要這樣對我嗎？」于澄的眉心微蹙，露出苦惱的神情，非常惡意的那一種。「這不是對待手底握有重要底牌的人的良好態度呢。」

「于澄——」

「好吧。」她愉快的踢了我的辦公桌，整個身子連同椅子流暢的往後移動，她笑了，不符合于澄概念的那種燦爛笑容，「我剛剛去教務處送資料的途中，看見一個有點眼熟的女人坐在圖書館外的階梯……」

于澄沒見過鄭媛，八成是惡作劇，到那邊看見的可能是某個喜歡我的學生甚至是楊婕妤，瞄了她一眼我沒有認真理會她的意思。

「無視我？」于澄把橡皮擦往我的身上扔，「我可是為了你特地繞到圖書館確認耶，剛剛大熊非常氣憤的告訴我，他看見沈助理的外遇對象坐在那裡——」

刷的一聲我猛然站起身。

「再說一次？」

「外遇對象啊，你也知道大熊對我有很不當的想像，所以好像有偷偷跟蹤過你，然後——」

沒辦法聽完于澄的話，我立刻往門外走去，途中還撞上了某個研究生，無視於研究生們的詫異眼神，我整個腦中都充斥著「圖書館」這個地理位置。

變成越來越衝動的沈墨到底是不是好事，我甚至無暇思考那麼多。

鄭媛就在那裡。

唯一我所能想到的，就只有這點而已了。

鄭媛的意志比我想像的更加強韌。

強韌到我的意志都快要被磨盡的程度。

在一段距離之外我便停下腳步，靜止的瞬間才感受到自己的喘息有多麼劇烈，凝望著她被黑髮掩去大半的側臉，我忽然想，鄭媛離開的幾天，儘管只是短暫的數日，卻由於她的不在突顯了屬於她的存在。

如同心臟劇烈跳動著的我的此刻，唯有抽離了奔跑，才能真正具切明白自己受到奔跑的影響有多麼顯著。

鄭媛隱約露出的表情染著細微的苦惱，她輕輕嘆息，又或許沒有，她有意無意玩弄著自己的雙手，我猜想她已經在這裡坐上很長一段時間，離我非常近而我卻看不見她的位置。

世界上的所有偶然都是一種必然。

我想著。緩慢的朝她移動，一步一步確實的走到她的面前。

鄭媛有些納悶的抬起頭，長長的睫毛搧動了幾次，最後她詫異的瞪大雙眼，我在她面前蹲下，伸出手輕輕貼靠上她柔軟的臉頰。

有著屬於她的溫度。

「我很想妳。」

「沈墨……」

「我以為妳到了一個很遠的地方，但是我現在知道了，即使離得那麼近，只要不是我的身旁，對我而言都是遠方。」我揚起淺淺的笑，筆直的望著她，「鄭媛，我希望妳能夠待在我的身旁。」

晶瑩剔透的水珠在她眨眼的瞬間失重墜落。

我不喜歡她哭。

事情總是需要這樣一件兩件緩慢的發覺，我輕輕拭去她頰邊的水痕，不是困擾，而是心疼。跟鄭媛愛不愛哭沒有關係。打從一開始便以細微方式醞釀的煩躁，說穿了也不過是我無法釐清的心疼。

我不喜歡鄭媛哭。

不喜歡她為了另一個男人哭。

然而最無法忍受的，是鄭媛為了自己落下淚水。

「我不知道該怎麼辦才好，明明就是那麼喜歡的沈墨，卻因為我的感情，讓你陷入那麼困擾的狀況。」她的聲音顯得有些乾澀，以那粗糙的斷面劃過我的意識，「你知道我是很衝動的人，面對越在乎的事就越沒辦法好好考慮現狀，無論是你或是維農哥，我很怕，自己隨便說了什麼話或者採取了什麼動作，都會傷害到你們，所以才覺得應該暫時離開這個狀況，想找出適合的答案……」

待在我身邊的鄭媛大概每分每秒都進行著劇烈的內部拉扯，偶爾她會有立即性的反應，偶爾又像忍耐些什麼一樣好不容易才拋出話語，可能跟始終想維持個人生活秩序的我一樣，想盡可能抓住理智因而不得不拮抗湧生的直覺。

愛是一種拉鋸。不只是這個人和那個人。同時是自己和自己。

「那麼，妳找到答案了嗎？」

她輕輕的搖頭。

「因為在遠的地方得不出任何頭緒，所以想說，想說靠近一點會不會有一點靈感……」

「那妳現在離我這麼近，有靈感了嗎？」

「我喜歡沈墨。」
「嗯。」
「很喜歡的那種喜歡。」
「所以呢？」
「我想待在你的身邊。」
「鄭媛。」我的指腹輕輕刷過她的，她的身體不自覺的微顫，「真是幸好呢。」
「……幸好？」
「我說過，在鄭媛的面前沈墨只是一個普通的男人，有點自私也有點卑鄙的男人，所以我剛剛還在想，如果妳決定逃跑的話，我就會找條繩子把妳綁在我身邊，直到妳不想逃為止。」
神色緊繃的鄭媛忽然噗哧的笑了出來。
「沈墨，」她輕輕喊著我的名字，「能這樣喊著你的名字，我真的很幸福。」
「能聽見妳喊著沈墨，好像我更幸福一點。」
「好像又有點不一樣了呢。沈墨。」
「大概是從喜歡鄭媛的沈墨變成更喜歡鄭媛的沈墨了吧。」

她泛著紅的臉更加熱燙了。

注視著微微低下頭的這個女人，大概，人必須透過另一個人才得以顯現更加完全的自己；鄭媛的出現推翻了許多我對於自身的認定或者想像，這樣做的沈墨、說出那些話的沈墨、有著某些念頭或者某些想像的沈墨，簡直像重新定義自己的過程一樣。

也許，這就是所謂的、愛情讓個人更加完整的原因之一。

「你很擅長說這些話嗎？」

「不擅長，一點也不擅長。」我拉起她的手緊緊貼在我的臉頰上，「妳自己確認我有多不擅長好了。」

「沈墨。」

「嗯。」

「那天，送我回家的路上維農哥說了很多話，他說，雖然很任性但因為在我身邊的人是沈墨所以他反而能安心的說出口。」她泛起溫柔的笑，頰邊卻不由自主的滑過水痕，「他笑得非常燦爛又非常的、非常的溫柔，對我說，沈墨答應會給我幸福，所以、所以我也要讓沈墨幸福。」

鄭媛將頭輕輕靠在我的額際。

「我的不知所措就是從那裡開始的，我明白自己能夠很輕鬆的走到你身邊，但他的笑容卻深深印在我的心底，儘管這只是我單方面的想法，但至少，我想為維農哥稍微停下步伐，雖然不能回應他的感情，但他傳遞給我的，我確實收到了。」

「鄭媛，我會嫉妒。」

「我連沈墨的嫉妒都想要呢，這樣是不是很糟糕？」

「我連貪心的鄭媛也喜歡。」

「沈墨，我的心臟會負荷不了。」

我稍微施力將鄭媛拉進懷裡，起初就一直站在我身旁的她，居然繞了如此迂迴的圈才得以將她擁入懷中，想到這裡，就不由自主的收緊了手臂。

「鄭媛。」

「嗯。」

「這次眼睛記得閉上。」

14

「沈墨。」

「嗯。」

「我好喜歡你。」

□

雨毫無預警的落了下來，讓人措手不及的，特別劇烈的大雨。

濕得透徹的維農逃難式的衝進屋子，他站在玄關有些遲疑的聚攏眉心，彷彿在思索著是不是該直接踏進，連帶讓水沾上地板。

然而打從他開門的那一個瞬間，雨早就被帶進了屋內。

我想起那天的鄭媛也同樣停駐於玄關，用著不知所措的眼神凝望著我，「這樣，會弄濕地板。」

「不然，妳要在玄關就把衣服脫光嗎？」

鄭媛劇烈的搖晃著腦袋。

我扔了一條乾淨的浴巾給她，鄭媛像捧著珍貴的什麼一樣小心的抱著浴巾，躡手躡腳的踏進屋子，窗外的雨聲非常大，我應該是聽不見她的踩踏的，然而，我卻能勾勒出她的移動。

接著她走進浴室。

「雨超大的。」

「嗯。」

「你為什麼一臉恍神？」不知何時換好衣服的維農納悶的將他的臉湊近，「談戀愛的人都會變笨。」

「那天也是突然下起大雨。」

「哪天？」

「遇見鄭媛那一天。」

維農難得的露出成熟的微笑，但說出的依然是不合時宜的話語，「原來我缺乏的是戲劇性的邂逅，我就覺得奇怪，我們家小媛應該不是只看長相的那種類型才對。」

「我很感激那場雨。」

「沈墨。」維農把手中微濕的毛巾扔向我，「不要那麼感性，很可怕，超可怕的。」

「你不是追求轟轟烈烈的愛情嗎？對我而言，這簡直跟翻轉我的人生沒什麼兩樣，」我瞄了他一眼，「夠不夠轟轟烈烈？」

「真可惜。」

「可惜什麼？」

「沈墨愛上的不是我。」

「這點我感到非常的慶幸。」

我將手中的毛巾再度扔回維農身上，他牢牢的接住了，不知道為什麼，這一刻，我有種強烈的直覺，我和維農之間，有些什麼被完整的理解，並且接受了。

「該死的，根本就像過度歡迎的儀式。」

門被粗魯推開的同時久違的沈品柔的嗓音也竄了進來，跟前一刻的維農一樣，她在玄關停下，果斷的將行李扔在門邊，脫下外套之後連招呼都不打就逕自走進我房間裡的浴室。

真是華麗又豪邁的登場。

面臨同樣的時刻不同的人採取了不同的動作，於是拐進了不同的岔路，得到了不同的答案，最後走出不同的人生。

接著，彼此交錯。也許錯合。也許錯開。又也許錯過。

「我好像，要設法修正現在的思考模式了。」

「嗯。」維農用力的點了頭，「你要有強韌的意志才能跟剛剛那個女鬼對抗，沈墨，就靠你了。」

「鄭媛跟沈品柔感情很好。」

「你說什麼？」維農瞪大了雙眼，「那要趁著小媛被灌輸奇怪念頭之前，盡量分化她們，嗯，沈品柔跟小梓一樣都是可怕的女人。」

灌輸鄭媛奇怪念頭的是你吧。

我有點好笑的望著他，但是小梓到底是誰，正想問的同時維農已經跑回房間，大概是要進行面對沈品柔的準備吧。

我拿起擺在桌上的手機，流暢的按下這段時日反覆撥打過無數次的號碼。

「喂——」

「是我。」

「我知道。」

「沈品柔回來了。」

「真的嗎？」

「嗯。」我斂下眼，想著她此刻的興奮表情，「但是我不是很開心。」

「為什麼？」

「這樣就多了一個跟我搶鄭媛的人了。」

「沈墨。」

「嗯？」

「我好想你。」

「那麼雨停之後就見面吧。」

「好。」

「墨墨你的顏面神經出了什麼問題嗎？」電話才剛掛斷沈品柔誇張的聲音就拋了過來，她煞有其事地捏了捏我的臉頰，「剛剛那猥瑣的表情是怎麼回事？」

——猥瑣？

不要理她。就算很長一段時間沒見面也不要理她。

「唉啊，是鄭媛嗎？」她曖昧的推推我的胸口，「改天我要問問鄭媛我們家墨墨可口嗎？」

「妳知道這個要做什麼？」

「喔。」沈品柔像偷腥的貓一樣笑了，「已經被吃掉了啊。真是的。」

「不要有奇怪的想像——」

「我已經想完了。」

「離我遠一點。」

「人家好想墨墨的說。」沈品柔像樹懶一樣攀在我的身上，「一半給鄭媛，一半給我，剛剛好。」

「哪裡剛剛好了？」

「放心，身體通通給鄭媛，我不想要。」

「妳給我閉嘴。」

「反正我說完了。」

鄭媛穿了一件連身洋裝，習慣綁著的馬尾鬆了開來，比起印象中的鄭媛稍微成熟一些，但當她愉快的揚起笑容，揮動手臂的時候又顯得孩子氣。

「等很久了嗎？」

「因為雨下了三天啊，」鄭媛用著非常嚴重的口吻，「整整三天呢，我一直祈禱雨停，連晴天娃娃都做了。」

「這麼想見我嗎？」

「嗯。」

鄭媛毫不猶疑的點了頭，面對她過於直率的回應，縱使是我自己拋出的問題，結果感到羞赧的也都是我。

某種程度這也算是自虐和自我滿足的揉合吧。

「品柔好嗎？」

「好得過頭了。」

「那我們約品柔一起——」

「不要。」

「為什麼？」

「沒有為什麼。」

拉起鄭媛的手我什麼也不想解釋，她納悶的跟著我走，最後像是得到什麼答案一樣愉快的笑了出來，不要問，我不想知道她到底得出什麼結論。

「沈墨。」

「怎麼了？」

「我決定不要喜歡你了。」

突然我停下腳步，轉身注視著她，鄭媛仰起頭認真的盯望著我，我決定不要喜歡你了，她輕軟的嗓音重重敲擊在我的意識，我緊緊握住她的手，想說些什麼卻擠不出聲音。

進行了幾次呼吸之後我終於找回語言。

「我不接受這種決定。」我筆直的望進她幽潭一般的眼，「有百分之五十的鄭媛是我的，我也有決定權。」

「這樣我很困擾。」

她嘟起嘴，皺了皺鼻子，最後溫柔的笑了。

「想確認我的真心嗎？」

「不是。」她搖了搖頭，「我能感受到沈墨的真心，從你的掌心，從你的眼神，從你所有的動作都透露著屬於你的真心。」

「那麼——」

「沈墨。」她眨了幾次眼，稍微停頓之後繼續她的話語，「我不要喜歡你了。」

她又說了一次。

我感覺自己的身體顯得異常僵硬，連呼吸也非常厚重，但我只能等著，等著鄭媛未竟的話語。我知道，她還沒說完。

「不要喜歡我之後呢？」

「嗯，之後。」她緩緩的喃唸著，「沈墨，我可以愛你嗎？」

有些什麼匡噹一聲落下了。

鄭媛不是在惡作劇，她以相當認真的眼神凝望著我，屏息著等候我的回答，我那繃緊的僵硬像跨越臨界一般猛然鬆了開來，那縫隙之間有些空盪而恍惚。

我可以愛你嗎？

她的腦袋裡到底在想些什麼？雖然想這麼問，但大概會得到預期之外的正經回答吧。

真是不可思議的女人。

「只是喜歡不行嗎？」

「也不是不行。」她稍稍側了頭，「只是這樣就要忍耐，可是，我不是很擅長忍耐，說不定會不小心就越界——」

「鄭媛。」

「嗯？」

「我有告訴過妳，我總是喜歡比別人更早進行準備嗎？」

「沒有。」

「所以在妳的問題之前，我就已經偷跑了。」

「偷跑……？」她不可置信的瞪大雙眼，「你的意思是……」

「很訝異嗎？」

「嗯。」

不要點頭點得那麼乾脆。

但我不由自主的笑了。

「我不知道妳對我有什麼樣的想像，我沒辦法左右，嗯，也盡量不要讓我知道，但是，唯有一點我希望妳牢牢記住，在妳眼前的這個沈墨，比妳想像的還要喜歡妳，喜歡到根本不在乎所謂的越界，反正，只要鄭媛在的地方，沈墨就會設法到達。」

「我好想錄音喔。」

這什麼感想？

真是破壞氣氛的女人。

然而迎上鄭媛純粹又晶瑩的眼眸，我就會忽然覺得什麼都無所謂了，她往前跨了一步，緩慢的將頭靠在我的胸前，屬於鄭媛的氣味瀰漫在我的周旁，清新的，卻又引人遐想。

「沈墨。」

「嗯。」

「我好愛你。」

「鄭媛。」

「嗯？」

「妳的願望實現了呢。」

她拉起身子將目光定格在我的臉上，雙眼逐漸染上水霧，她笑了，揚起非常美麗的笑容。

最後她抬起手，溫柔的貼放在我的右頰，鄭媛踮起腳，將唇貼上我的，那溫熱的、柔軟的，鄭媛只給沈墨的愛堅定的傳遞而來。

「我的願望實現的同時，沈墨的願望也實現了喔。」

她說。

□

我希望，我能夠成為沈墨的願望。

15□某些日常，與另一些日常

之一

「這時候配角不是應該『傷心欲絕』的收拾行李到哪個遠方去了嗎？」

「也是有意志特別堅強的那種配角。反正本來就沒有希望，一口氣把想像中的可能擊碎之後，我的精神反而去除了破綻，也就是說，在你面前的程維農往無堅不摧更邁進了一步。」

「應該讓韓颯在你『更堅硬』之前殲滅你。」

「這就意味著沈墨已經臣服於我了吧，去倒可樂，記得加冰塊。」

「你覺得鄭媛會不會心疼被奴役的沈墨？」

「沈墨以前沒這麼卑鄙。」

「既然你有所『進步』，我也不能沒有對策。」

「我要告訴韓颯，沈墨想篡位。」

看著一臉孩子氣的程維農，沈墨再一次感受到程維農與鄭家姊弟的同質性高得嚇人，一想到往後的某個瞬間他必然得同時面對三個人，他就有些不寒而慄。

明明還沒到冬天，沈墨卻有點冷。

算了，他思索之後還是決定幫程維農倒可樂，這種程度程維農就會滿足，以他的小腦袋就不會有其他興風作浪的想法了。

應該要跟韓颯好好聊聊。

沈墨站起身的同時這麼想著。

之二

「姊夫，要怎麼樣才能閃亮亮的啊？」

「什麼閃亮亮？」

「我問我姊為什麼會喜歡上你啊，她說她也不知道，只覺得姊夫閃亮亮的，接著就移不開雙眼，最後就只看得見姊夫了，所以啊，到底要怎麼樣才會變成閃亮亮的啊？」

「那是鄭媛主觀的意見，在你眼裡我會閃亮亮嗎？」

「嗯，超閃亮的。」

沈墨注視著滿臉認真的少年，感覺到自己的太陽穴正微微抽動，他只能曖昧的扯了扯嘴角，設法分散男孩的注意力。

沒辦法，程維農搬出了「我需要有更多時間去找尋愛情」，於是少年的家教時間便切割成一人一半，少年似乎也知道程維農曾經喜歡過鄭媛，但少年很果斷的忽視，反正沈墨是贏了，少年心底存有的只有這樣的印象。

沈墨不知道，他只能竭盡所能的抵抗少年對於「沈墨」的過度想像，同時說服自己，這也是屬於愛的重量。

大概是這樣，少年才會看見閃亮亮的沈墨也說不定。

之三

「沈墨，想知道最新版本嗎？」

「不想。」

「這次的比較複雜。」

「就說了不想知道。」

「問題是我想講，這才是重點。總之，沈助理因為情傷所以就藉由年輕的學生來療傷，向來低調的沈助理公然在圖書館外跟女學生調情就是為了刺激于助理，唉，研究生們現在分裂成兩派呢。一邊支持你，說你被傷得很重其實是女學生趁虛而入；另一派控訴你無情又混蛋，自己的感情居然拖另一個無辜的人下水——」

「哪來的女學生？」

「你們家的小女友長得一臉學生樣啊，這也算誇獎，不過，意外的這版本的傳聞讓本來不敢輕舉妄動的女學生都蠢蠢欲動，果然是蠢蠢的。」

「我現在就出去澄清。」

「千萬不要。」

「為什麼？」

「因為這是我的樂趣。啊、對了，我剛剛很『憂鬱』的走進辦公室，又很『哀傷』的問研究生『沈墨來了嗎？』，所以應該很快會有新版本才對。」

「很有趣嗎？」

于澄輕快的笑了。

沈墨瞄了一眼偷偷探頭窺看的研究生大熊，忽然他想著，這些努力編織著故事的研究生們，大概是因為沒辦法真正理解現況才設法將某些想像加諸於自己和于澄身上。

關於他人的所有一切，都只是想像而已。

這麼一想，沈墨不經意的笑了，起身替于澄倒了一杯咖啡，門外的大熊當然目睹了，于澄愉快的笑了，這大概意味，沈墨的流言還會繼續更新吧。

之四

「我在抽屜裡找到妳的手鍊，沈品柔故意留下來的。」

「那就放在你的抽屜吧。」

「為什麼？」

「這樣我會感到很安心，因為，沈墨的抽屜裡，無論何時都擺著一個我可以走到沈墨面前的理由。」

「沒有理由不能走到我的面前嗎？」

「擔心啊，所以要未雨綢繆。」

「我真的很討厭『未雨綢繆』這四個字。」

「為什麼？」

「就是討厭。」

「沈墨好可愛喔。」

「不要說話。」

鄭媛滿足的笑了，輕輕賴進沈墨懷裡，沈墨溫柔的環抱住她；對於鄭媛而言愛非常簡單而純粹，但她不知道，這對沈墨而言卻是愛情之中最為困難而值得欽佩的一點。

也許有一天鄭媛會知道，她在沈墨的眼裡，同樣也是閃閃發亮的存在。

後記

之一

一個人究竟能看清多少所謂的「他人」呢？

我不知道。

可能往後的十年、二十年我依然不會知道。

沈墨的故事便是從這裡開始。

他以穩定的步伐盡可能讓自己安然踩踏於他所期望的日常，冷靜的，平穩的，沒有過多動盪與起伏，無論這整個世界如何與他的意圖相左，他仍舊依循著自身的意念，在衝突之中一次又一次定位所謂的方向。

這是沈墨抗拒鄭媛的理由。也是沈墨拉住鄭媛的理由。

在沈墨眼底的「鄭媛」一次又一次疊加上更具體的輪廓，卻在那之中瞥見了某些背離他想像的線條以及顏色，大多數的人們會無視或者尋求其他的解釋，避免混淆起初出自於自身的判斷或者定義；然而沈墨接受了這一點，也因此，他逐漸趨近更加真實的「鄭媛」。

也許與沈墨的想像有所落差，但一個人本來就不是另一個人的想像。而是具切的存在。

沈墨是非常實際的類型，但實際並不意味著必須消弭關於愛的美好與浪漫，我始終覺得，最浪漫的情節必然來自於最樸實的日常，如同年邁的老夫婦即便步履蹣跚依然堅定的握著對方的手，將緩慢的腳步放得更慢，淡淡的望了對方一眼，沒有多餘的話語，沒有其他的曖昧，就只是為了確認對方在自己的身旁。

沈墨說過：「在鄭媛的愛裡我看見了容身之地，有一處，只要是沈墨，就會被接受的溫暖位置。」

不需要多餘的什麼，單憑這一點，就已經是沈墨最大的追尋與盼望了。

而那同時，也是我的追尋與盼望。

之二

沈墨其實是賴聲川老師《我和我和他和他》劇本裡的角色名字，學生時期我曾短暫的練習過其中的一小段落，我一直很喜歡這個劇本的概念，儘管已經很久沒有想起這個劇本，卻在某個瞬間如同浮光一般閃現了沈墨的名字，於是有了屬於我的沈墨的故事。

當然這整個故事和劇本沒有關聯，純粹像是一種簡單的紀念，同時也像是一種期望，也許我的故事不會被長長久久的惦記著，但只要有某一瞬間，就只要一瞬間，能讓哪個人想起之後是滿滿的懷念，那也就夠了。

Sophia

閃閃發亮的你

THE SHINY BOY

Sophia 作品集 02

國家圖書館出版品預行編目資料
閃閃發亮的你 ／ Sophia 著.
— 初版. — 臺北市 ： 春天出版國際, 2015.03
面 ; 公分. — (Sophia作品集 ; 02)
ISBN 978-986-5706-46-3（平裝）
857.7　　103022783

ISBN 978-986-5706-46-3
Printed in Taiwan

作　者　Sophia
封面設計　克里斯
內頁編排　三石設計
總編輯　莊宜勳
企劃主編　鍾靈

出版者　春天出版國際文化有限公司
地　址　台北市信義區信義路四段458號3樓
電　話　02-7718-0898
傳　真　02-7718-2388
E－mail　frank.spring@msa.hinet.net
網　址　http://www.bookspring.com.tw
部落格　http://blog.pixnet.net/bookspring
郵政帳號　19705538
戶　名　春天出版國際文化有限公司
法律顧問　蕭顯忠律師事務所
出版日期　二〇一五年三月初版
定　價　180元

總經銷　楨德圖書事業有限公司
地　址　新北市新店區寶興路45巷6弄6號5樓
電　話　02-8919-3186
傳　真　02-8914-5524

Sophia
作品集
02

Sophia

作品集

02